「私が精霊王レグラシアだ。よろしく頼む」
《第三話　精霊郷》
魔眼と弾丸を使って異世界をぶち抜く！ 17

「とりあえずせっかく来たんだ、乾杯しよう」

《第一話　刀を求めて》

「ふっ、この程度であれば、
私に勝つことは……
なにっ!?」
先ほどアタルが空に放った弾丸が、
時間差で精霊王へと降り注いでいる。
《第三話 精霊郷》

魔眼と弾丸を使って異世界をぶち抜く！

17

かたなかじ

イラスト：赤井てら

Author:Katanakaji

Illustration:Akai tera

口絵・本文イラスト　赤井てら

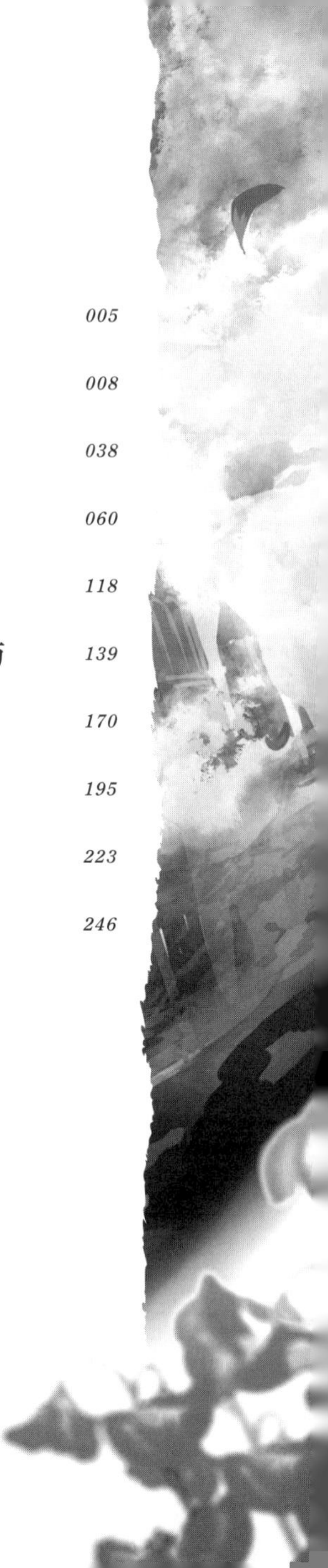

前巻のあらすじ

ヤマトの国で邪神《じゃしん》の欠片《かけら》を倒《たお》したアタルたちだったが、封印《ふういん》されていた邪神の半分を魔《ま》族《ぞく》のラーギルに持ち去られてしまった。

キャロの武器も強化されたことで装備面はかなり充実《じゅうじつ》している。

しかし、これから先ラーギルや邪神と戦ううえで、それぞれの成長が必要になってくるため、なにかないかとアタルはサエモンに尋《たず》ねた。

彼《かれ》は代々将軍に伝えられる〝地獄《じごく》の門〟のことを話す。

猛者《もさ》ぞろいの歴代の将軍でさえもそこにたどり着くのは難しく、中では地獄のような苦しみを味わうが、それと同時に力を得られるだろうとのことだ。

その話を聞いて門へと向かったアタルたちは、空と地面から次々に雷《かみなり》が生まれる場所を通過し、その先の猛吹雪《もうふぶき》のエリアを越《こ》えて、なんとか門へと到着《とうちゃく》した。

そこには門番と名乗る神がおり、資格のあるものしか門を開くことができないと語る。

資格というものがなにかと思っていた彼らだったが、アメノマの血をひくサエモン、そして異世界の者であるアタル――この二人が揃《そろ》って手を触《ふ》れたことで扉《とびら》が開かれた。

中では、アタルの前に初代将軍のヤマモトコウスケが、サエモンの前には五代前の将軍セイエイが姿を現わし、それぞれに修行《しゅぎょう》を積ませてくれる。

他のメンバーの前にも今必要な訓練をさせるべく、名を遺《のこ》す偉人《いじん》たちが現れた。

外の世界とは時の流れに違《ちが》いがある。

アタルたちの訓練が始まってから外ではまだ一日も経過していなかったが、門内時間で半年が経過している。

しかし出る時は全員が同じタイミングだった。

彼らは門内での厳しい修行によって大きな成長を遂《と》げる。

その力試《ちからだめ》しとして、門番の神が対戦相手を用意しようとしたが、地獄の門に封《ふう》じられていた三体の鬼《おに》が復活してしまった。

アタルたちは成長した力を見せて圧倒《あっとう》していくが、三体は合体して本来の姿を取り戻《もど》す。

その正体はアスラナの弟の阿修羅《あしゅら》だった。

邪神側についた阿修羅だったが、戦いの中で本来の優《やさ》しい心を取り戻していく。

しかし次の瞬間《しゅんかん》、邪神の力に飲《の》み込《こ》まれてしまった彼は、なんとか抵抗《ていこう》していく。

アタルたちはその隙《すき》をついて撃破《げきは》することに成功する。

静寂《せいじやく》が訪《おとず》れ、戦いが終わったかに見えたが、阿修羅の埋葬《まいそう》中に突然《とつぜん》現れたのは、邪神の眷属《けんぞく》である『魔獣《まじゆう》の神ケルノス』だった。

彼は阿修羅を飲み込んだ邪神の力を感じ取ってここまでやってきたという。

そして、地獄の門を破壊《はかい》しようとする。

もちろんアタルたちがそれを看過するわけがなく、戦いへと移行していく。

そこでアタルはバルキアスとイフリアの二人だけで戦うように話す。

先の阿修羅との戦いでは出番が少なかったので、二人の実力を把握《はあく》できていないため、この戦いを任せることにした。

魔獣の神たるケルノスは彼らを倒し使役《しえき》しようと、次々に魔物《まもの》を召喚《しようかん》するが、成長した二人はそれらをあっさりと撃破する。

そして、最後には成長したアタルのスナイパーライフルによって、神の力をこめられた重力弾《だん》が撃《う》ち込まれ、ケルノスは倒される。

修行を終えた成果を見せつけた、見事な勝利で終わったが、問題がないわけではない。

サエモンの刀は代々受《う》け継《つ》がれてきたものであり、そろそろ寿命《じゆみよう》が近いとセイエイから指摘《してき》を受けている。

こうして、アタルたちはサエモンに新しい刀を用意するという新たな旅に出た――。

第一話　刀を求めて

地獄の門を後にしたアタルたちは、ヤマトの国にある街の宿屋の一室で話し合っていた。

アタルたち全員がそろっても十分な広さのある宿屋の室内は、華美《かび》な装飾《そうしょく》がないシンプルな、それでいて落ち着く雰囲気《ふんいき》の和室だった。

地獄の門でサエモンを鍛《きた》え上げてくれたセイエイから、そろそろ愛刀の寿命が来ることを告げられたため、彼の新しい武器探しの旅に出ることになったアタルたち。

「サエモンの武器となると刀だよな」

アタルはそう言ってチラリと横目でサエモンを、そして腰《こし》にある刀を見る。

「――そうだ、皆《みな》が持っているような強力な武器が私にはない」

硬《かた》い表情のサエモンはゆっくりと刀を腰から外すとテーブルに置いた。

「サムライの魂《たましい》というくらいなんだし、なんでもいいってわけでもないんだよな？」

「あぁ、そうだ。ヤマトの国では、一人前のサムライとして認められた際に、どの刀を使うか選ぶ【選刀の儀《ぎ》】というものがある。名匠《めいしょう》たちが作り出した刀はどれも魂がこもっているがゆえに、手にした瞬間これが自分の刀だとわかる。もちろん私も同じようにこの刀を選んだ」

予備やサブ武器として選刀の儀で選んだもの以外の刀を持つことはもちろんあるが、それはあくまで補助的なものであり、サムライにとって魂の一刀ではない。

「……こいつは話のとおり限界が近いな」

アタルは刀を手に取ると鞘《さや》から少しだけ抜《ぬ》いて、刀身を魔眼《まがん》で確認《かくにん》してぼそりとこぼす。

サイモンの魂の一刀と呼ぶべきこの刀は、これまで厳しい戦いを潜《くぐ》り抜けていく中で、研《と》ぎだけではなんともならない傷を負っている。

『折れず曲がらずよく斬《き》れる』

日本刀はそんな特徴《とくちょう》を持っていると言われており、サエモンのこれも名刀と呼ばれるうちの一振《ひとふ》りだと、刀にそれほど詳《くわ》しくないアタルですら感じ取れていた。

「過去の名工が鍛え上げた一振りとはいっても、神や竜《りゅう》などといった者たちと戦うようには作られていないからな。むしろよくここまで折れずに乗り切ってきてくれたというものだ」

サエモンは硬い表情のままだったが、自分の刀を優しい目でいたわるようにして見ている。

この刀に愛着や想《おも》うところはあるものの、これからの戦いのことを考えると、新しい刀のことも考えていかなければならない。

「ヤマトの国に強力な刀はないのか？」

サエモンの刀をテーブルの上に置いたアタルがそう質問すると、サエモンは難しい顔で腕《うで》を組んでしばし考《かんが》え込む。

「う――――む、私が持つ刀と同等の業物《わざもの》ということだけであれば、恐《おそ》らくあるだろう……選刀の儀の際に用意される業物がそれにあたる。また、マサムネたちが持っている刀も同等か少し上くらいの刀であるはずだ」

しかし、サエモンの記憶《きおく》にある刀を思い出しても、それ以上の物は思《おも》い浮《う》かばなかった。

「だがもしそれらを使うにしても、私は死んだことになっているから、うかつに取りにいけば、な？」

サエモンが死んだことになっているからこそ、マサムネが将軍位を継いでくれた。

それにもかかわらず、いくら刀のためとはいえ、のこのこと顔を出してしまえば生きていることがバレてしまう。

アタルたちはヤマトの国を出る際にサエモンを隠《かく》して出てきたため、生きていることを明かすにしても今ではない、そう考えている。

「となると、新しく作るのが次の手段になるわけだが……誰《だれ》か作れる心当たりはあるか？」

刀をうつとなると、通常の鍛冶《かじ》職人ではなく、刀を作れる刀鍛冶《かたなかじ》を探す必要が出てくる。

しかも刀鍛冶なら誰でもいいというわけではなく、その中でも凄腕《すごうで》の職人。更《さら》にその中でも上位の上澄《うわず》みでなければならない。

「――ヤマトの国にはいくつもの職人村がある。そこでは刀はもちろん、ナイフ、包丁、鉄器に鎧《よろい》なんかも作っている」

アタルとキャロは話を聞きながらドワーフの職人街をイメージしている。

「その中でも特に凄腕の職人がいて、神社に奉納《ほうのう》する神刀をうつのはそこしかないと言われているクロガネ村というのがあるんだ」

（クロガネ……鉄という名を冠《かん》している村なら確かに期待できそうだ）

しかし、アタルの考えに反して、話をするサエモンの表情はうかないものである。

「だが私を含《ふく》め、五聖刀の使っている刀は、もともと国で保管していた過去に作られた名刀でな。私は新しく作られた刀で、そのランク以上のものがあると聞いたことがない」

将軍時代にクロガネ村のことは知っていたが、過去に作られた名刀を超える刀を作れるだけの名工が本当にいるのか？　サエモンはそんな疑問を拭《ぬぐ》いきれなかった。

「確かにその可能性はあるかもしれない」

厳しい表情のサエモンを見たアタルは納得《なっとく》がいく部分があった。

現代の日本でも、昔の日本刀を同じ形で生み出すのは不可能だと言われていると聞いたことがある。いわゆるオーパーツだ、と。

「だが、まあ……とりあえず行くだけ行ってみるとしよう。知らないだけで、腕のある刀鍛冶がもしかしたらいるかもしれない」

「そう、だな」

期待はしていない、が今はその小さな可能性にかけてみよう——サエモンもそんな気持ちになってきていた。

「ところで、そこは美味《おい》しいものがあるのかな?」

お茶をぐびっと飲んだリリアが会話の流れをぶった切ってくる。

だが、それは彼女《かのじょ》だけの考えではないようであり、彼女の左にはバルキアスが、右にはイフリアがいて期待に尻尾《しっぽ》を振《ふ》っていた。

「い、いやあ、どうだろうか……。あそこは職人の村だしなあ……」

彼らの期待に応えられるか自信がないサエモンは、ぎくりと身体を揺《ゆ》らして困ったように視線を逸《そ》らす。

難しい話に退屈《たいくつ》していた三人はガックリと肩《かた》を落としてしまう。

そんな彼らをなだめるのに、キャロが助力してくれたのは言うまでもない。

再び旅に出たアタルたちがクロガネ村に到着すると、村のいたるところから早速《さっそく》槌《つち》をうつ軽快な音が心地《ここち》よく聞こえてくる。

これまで訪れた他国の鍛冶職人の街とは異なる、和の雰囲気がにじむクロガネ村にはいくつも作業場があり、小さな川が流れる村の奥《おく》のほうまでいくつも作業場が並んでいるようだった。

村のあちこちに炭が積まれており、クロガネ村に買い出しにきた商人の姿なども見受けられる。

田畑のエリアもあり、ここだけでもある程度自給自足できているようだった。

また、街というには小さいところだったが、作業場とは別に生活エリアもあるようで、そこは宿屋や食事処《どころ》などが集結していて鍛冶場とは別の賑《にぎ》わいがあった。

「わあ、すごいですね。ほとんどのおうちでなんらかの作業をしているようですよっ！」

『火と金属の匂《にお》いがするね！』

クンクンと鼻をひくつかせたバルキアスは興味深そうにキョロキョロと建物を眺《なが》めている。

「臭《くさ》いか？」

バルキアスの頭を撫《な》でたアタルの問いかけに、バルキアスは首を横に振った。

『悪くない、と思う』

金属は独特の匂いを持っており、時として異臭《いしゅう》と感じることもある。

しかし、嗅覚《きゅうかく》に優《すぐ》れたバルキアスでも、この街からはそんな不快感は覚えなかった。

『ふむ、作業をするうえで魔力《まりょく》のようなものを自然と使っているようだな』

小竜《こりゅう》姿のイフリアはいくつかの家から職人の作業を感知していた。

それによると、槌《つち》を振るう際に自然となにかしらの力を込めてうっているという。

「期待ができそうだな」

アタルはニヤリと笑う。

ここまで来たのが無駄足《むだあし》ではなく、もしかしたら希望の品を手に入れられるかもしれない、と期待に胸が膨《ふく》らむ。

それと同時に刀をうつ作業というものへの純粋《じゅんすい》な興味もあった。

「ねえねえ、早く宿に行こうよ！　お腹《なか》空いたよー！」

付き添《そ》うくらいの気持ちでしかないリリアは駄々《だだ》っ子のように訴《うった》えてくる。

クロガネ村は前の街から少し離《はな》れており、ここまでで一週間ほど経過していた。

　しかも、昼過ぎに到着予定だったために昼食をとっておらず、現在の時刻は昼をだいぶ前にすぎているため、空腹もピークである。

「そうだな、とりあえず宿をとるか」

「やったー！」

　これでご飯が食べられる、とリリアだけでなく他の面々もホッとした表情になっていた。

　宿をとって食事をしてから、アタルとキャロとサエモンは工房巡《こうぼうめぐ》りに向かった。

　リリア、イフリア、バルキアスは満腹をこえて苦しくなるほどに夕食を食べたため、宿で留守番がてら休憩《きゅうけい》をとることとなった。


「こんな時間でも作業をしているんだな」

　日も落ち始め、そろそろ暗くなってくるかという時間帯ではあったが、各工房《こうぼう》から槌の音は鳴りやまずに聞こえてくる。

「さすがに昼間と比べると減りましたが、それでもかなりの方が作業されているようですねっ」

　小気味良い音は澄《す》んでおり、聞いていても嫌《いや》な気分にはならない。

「うむ、とりあえず作業音が聞こえてくる工房をいくつか訪ねてみよう」

笑顔《えがお》のサエモンはひとまず手近な工房の扉に手をかける。

横に引くタイプの扉であり、こんなところも和を感じさせていた。

「失礼する……店のものを見させてもらいたい」

中に入ると、少し薄暗《うすぐら》い和風の室内は行灯《あんどん》によって照らされ、多くの武器が並んでいる。

「あぁ、お好きにどうぞ。なにか入りようであれば声をかけて下さい」

穏《おだ》やかな顔立ちの村人が笑顔で声をかけ、再び目を落としては何かの作業へ戻っていく。

雰囲気があってなかなか悪くないというのがアタルとキャロの感想である。

「うわあ、綺麗《きれい》なナイフですねえ」

そして、陳列《ちんれつ》されているナイフの一つを手に取ったキャロが目を輝《かがや》かせている。

戦うための武器としては今持っているもので十分だったが、それでもやはり新しい武器というのは彼女の好奇心《こうきしん》を刺激《しげき》していた。

「――で、どうだ？」

キャロの様子に表情を和《やわ》らげつつ、アタルがサエモンに問いかける。

彼の刀を探すために、もしくはサエモンの刀を作れる人物を探すためにこの村にやってきていたため、彼の感想が一番大事だった。

「うーむ……悪くはない。悪くはないんだが……」

一振りの刀を手に取って、鞘から引き抜いてじっくりと確認するが、最後には力なく首を横に振る。

普通《ふつう》に使う分には十分過ぎるほどの品ではあったが、神と戦うとなると今の愛刀を超えるものはここにはない。

「なら他もあたってみよう」

「あぁ、邪魔《じゃま》をした。失礼する」

「はい、またのお越《こ》しを」

その店を後にしたアタルたちは、別の店や工房をあたっていくが、どうにもこれといった刀鍛冶が見つからない。

そして、そんなことをしているうちにほとんどの工房が作業を終えてしまった。

日もすっかり落ちて静かになった村を灯篭《とうろう》の明かりと月明かりがほんのりと照らしていく。

「はあ、仕方ない。次は情報集めといこう。足で見つからないなら、知っている人に聞くのが一番だ」

「ですねっ」

これまでにも、何度か酒場で情報集めをしてきたアタルとキャロは、今回もその手段を使おうと考えている。

「そう素直《すなお》に教えてくれるといいのだが……」

よそから来た新参者にそう簡単に口を開いてくれるのかと、サエモンは少々懐疑的《かいぎてき》だ。

「職人っていうのは酒が好きだと相場が決まっている」

これはアタルがドワーフに対して持つイメージである。

「あぁ、それは否定できない」

どうやらそれはこの村の職人たちも同様なのか、宿の数よりも酒場の数が多く、どの店もにぎわっていた。

「あっ、アタル様。あのお店だと思いますっ」

耳をぴんと立てたキャロが指し示したのは一軒《けん》の酒場。

このあたりの情報通が集まる場所ということで宿の店主に質問したら、教えてくれたのがこの店だった。

「ヤタガラスの惰眠亭《だみんてぃ》、か。日本人がつけたような名前だな……入ってみよう」

店名に思うところはあったが、それでも気にせずに店の中へと入っていく。

足を踏《ふ》み入れた瞬間、大行灯で照らされた酒場独特の活気や熱気が空気の塊《かたまり》となってアタルたちに向かって吹《ふ》きつけてきた。

「おぉ、これはすごいな……」

「で、ですねっ……」

「都の酒場よりも賑わっているな……」

こんな小さな村でそんな雰囲気を感じ取れるとは思ってもいなかった三人は思わず足を止めてしまう。

「はいはーい、いらっしゃいませ！　三名様でしょうか？」

そんな三人のもとへと、すぐに元気な和装をした人族の店員がやってきて、にこやかに声をかけてくる。

「あぁ、酒を飲みながら色々と情報を聞ければと思ってな」

アタルは素直にここに来た目的を話すことにした。

目の前にいる店員はアタルたちに声をかけながらも、周囲に気を配っており目端《めはし》が利く様子がうかがえる。

だからこそ、素直に事情を話しておけば、誰かを紹介《しょうかい》してくれるかもしれないと考えての判断だった。

「ふふーん、お客さんよくわかってますね」

その意図を感じ取った店員はニヤリと笑って、どうするのがいいかと考えを巡《めぐ》らせる。

「もちろんそちらの対応次第《しだい》で、店にもあんたにもいいようにするつもりさ」

アタルは何枚かの金貨を見せて、みんなが得するように、と明示する。

「りょうっかい、それじゃまずはこちらの席に座《すわ》って注文をよろしくお願いします。ちなみに知りたい情報はどのようなものですか？」

情報の種類によって紹介する相手が変わってくるため、店員は先に確認をとる。

「とりあえず酒二つと果実水、それからつまめるものをいくつか頼《たの》む。それと必要な情報は腕利《うでき》きの刀鍛冶についてだ」

店員は注文と依頼《いらい》をメモしていく。

「はい、それでは少々お待ち下さ……はーい、お飲み物とおつまみです、どうぞ！」

彼女が注文をとって戻ろうとした時には、既《すで》に別の店員が注文の品を持ってきており、それらがアタルたちのテーブルに並べられていく。

「「「…………」」」

まさかの早業《はやわざ》にさすがのアタルたちも呆気《あっけ》にとられてしまった。

「とりあえずせっかく来たんだ、乾杯《かんぱい》しよう」

「あ、あぁ」

「は、はい……」

アタルとサエモンは注がれた酒を、キャロは果実水を手にするが、注文とほぼ同時に出てきたために、少々不審《ふしん》がりながら口をつけていく。

「美味《うま》い！」

「美味しいですっ！」

「うーむ、こんな酒場で出るつまみのレベルとは……それこそ一流の料亭《りょうてい》で出るような」

アタルとキャロはシンプルに味を称賛《しょうさん》し、サエモンにいたってはあまりの美味さに唸《うな》っている。

「ふふっ、こんな酒場、というところは気になりますが、褒《ほ》めていただいてありがとうございます。ところで、早速詳《さっそくくわ》しい人を見つけましたよ」

彼女がいなくなってから、それこそ数分程度だというのに店員はアタルたちの希望に沿う客を見つけてくれていた。

「えっと、まずあちらのテーブルの方々は村でも北に位置する、有名な刀鍛冶が集まる場所に工房を構えていて、横のつながりもかなり広いです。それから、あちらのテーブルの方は街の情報通で、このような場所でも聞き耳をたてて色々と調べているそうです。やりすぎは注意しますが」

実際の職人、そして情報屋のような人間。

「助かる……にしても、あんた何者なんだ？　いや、さっき酒と料理を持ってきた店員もそうなんだが、一般《いっぱん》の店員が持ちえないスキルだろ」

たった数分程度でここまでのことを調べてくるのは異常であり、アタルはそこに突《つ》っ込まざるをえなかった。

「えー、私もみんなも普通の店員ですよ？　ただ、ちょっと他のお店よりも気が利《き》くだけです！　あ、注文ですか。今いきますね！」

困ったような笑顔の彼女は誤魔化《ごまか》すようにして、別のテーブルへといってしまった。

「野生の化け物に出会った気分だ……とりあえず、気を取り直して情報集めに勤《いそ》しむとしようか」

アタルは立ち上がると、先ほど聞いたテーブル——ではなく、店主が酒を用意しているカウンターテーブルの方へと移動していく。

その様子を先ほど案内してくれた店員は小さく目を見開いて驚《おどろ》きながら見ている。

料理を運んできてくれた店員も、それ以外の店員たちも同様にそれとなくアタルの姿を追っていた。

それに合わせて、異様な雰囲気を感じ取った店内も次第に静かになっていく。

「盛り上がっているところ申し訳ないが……少しみんなの時間をもらいたい」

アタルは客たちに振り返って言葉をかける。

「俺《おれ》たちは情報を集めている。ここなら情報通が集まると聞いてきたんだ」

それでこんなことを始めたのか、と店員も客も頷《うなず》く。

「その前に、さすがにただで教えてもらおうとは思っていない」

そして、わざとドンと音を立てるようにして、大量の金が入った袋《ふくろ》をカウンターに置いた。

「この金でみんなに酒と食い物を振る舞《ま》ってやってくれ」

「どれどれ？」

店長らしき人物が袋の中を確認する。

「⁉　こ、これは……みんな、この人たちにな-んでも教えてやってくれ！　その代わり今日の酒はなんでも飲み放題、もちろん飯も食い放題だ！」

ホクホク顔の店主が声高《こわだか》に宣言すると、店の中がざわつく。

「えっ？　飲み放題？」

「食い放題も？」

「い、いったいいくら入っていたんだ……？」

驚く客の一人が店主に尋ねる。

「お前たちが浴びるくらい飲んで食って、それを一週間は余裕《よゆう》でできるぞ！」

ざっと計算しただけでも、それくらいには金があるように見えていた。

「「「うおおおおおおおおおお！」」」

すると、一気に酒場内が大盛り上がりしていき、次々に酒と料理の注文が始まっていく。

奥にある厨房《ちゅうぼう》では、大慌《おおあわ》ての大回転で食事が作られ始めていた。

「兄ちゃん、ありがとうな！」

「悪いな、大したことは知らねえが、俺らもごちそうになるよ！」

「うぃー、どーんどん、のめのめぇー！」

アタルに対して感謝を述べる者、ラッキーだと考える者、既に出きあがっている者など様々だったが、とにもかくにもアタルはこの場に溶《と》け込むことに成功していた。

飲み放題・食べ放題に酒場の盛り上がりがどんどん増していき、情報集めどころではなくなってしまっていたが、アタルは満足そうに自分の席へと戻っていく。

「アタル殿《どの》、これではただ金を使っておごっているだけではないのか？」

誰かに話を聞くこともなく戻って来てしまったアタルに、サエモンが慌《あわ》てた様子で声をかける。

「今はあれでいいんだよ。まずはみんなを楽しませる。そして酒を飲んで舌を滑《なめ》らかにする。情報集めはそのあとさ。ほら俺たちも飲もう」

アタルは自分の酒を飲み、空になった器に笑顔のキャロがおかわりを注いでくれる。

「みなさんが楽しく飲んでいるかが大事ですからねっ！」

キャロはアタルの意図がわかっているらしく、にこにことしている。

「そ、そうなのか？」

二人に言われてしまっては、それを信じるしかないと、サエモンも酒を飲むことにした。

しばらくの間、アタルたちはこの店の料理とこの土地の酒に舌つづみを打っていく。

それから一時間ほど経過したところで、アタルたちの席に一人の男性がやってきた。

ねじり鉢巻《はちま》きをしていて、日焼けした肌《はだ》の髭面《ひげづら》で、角刈《かくが》りの男性は大工の棟梁《とうりよう》のような服を着ている。

「この村の建物は大抵《たいてい》うちが建てているから、色々情報は持っているぞ！」

酒で上機嫌《じようきげん》な様子の彼はみんなの予想通り大工であった。

そして、ドンっと酒瓶《さかびん》をテーブルに置いて、にかっと笑顔で声をかけてくる。

「おぉ、それは期待ができるな」

アタルは彼の言葉にニカッと笑う。

「で、なにを知りたいんだ？」

その質問を受けて、アタルは視線をサエモンに移した。

「あぁ、私はサムライなんだが、今使っている刀では心もとなくなっていてな……それを上回るものを作れる凄腕の刀鍛冶を探している」

そう言って、サエモンは自分の刀をテーブルの上に置いて、少しだけ抜いて見せる。

「ふーむ、俺は刀のことは門外漢だ。そんな、素人《しろうと》の俺からしても、この刀がかなり良いものだというのはわかる。それくらいには業物だ」

興味深そうに頷いた大工がそう言うと、他の客たちもどれどれ？　と集まってくる。

「綺麗な刀だなあ！」

「これじゃダメなのか？」

「おー、こいつはかなりの代物《しろもの》だな。これを超えるものとなると……おい、お前これよりいい刀をうてるか？」

そう言って、客の一人が強引《ごういん》に刀鍛冶を一人つれてくる。

「うぃー、なぁんだって？　刀がうてるかって？　俺にうてない刀があるわけがないだろうがよお」

かなり酒が入っていて千鳥足の刀鍛冶が、やっとのことでアタルたちのテーブルへと到着する。

「どれ、ひっく、見せてみろ………」

男は酔《よ》いがかなり回った状態で刀を手にとる。

そんなにふらふらしていて大丈夫《だいじょうぶ》か、とみんなが声をかけようとするが、刀を手にした瞬間から刀鍛冶の表情は一変し、酔いなどなかったかのように真剣《しんけん》な一人の職人の顔になっていた。

「……こいつは俺では無理だな。この刀は名刀と呼ぶに相応《ふさわ》しい見事なものだ。恐らくは現代の刀鍛冶ではなく、昔の名工が作ったものだろう」

すっかり酔いから覚めた刀鍛冶が言う言葉に、全員が息をのんでいる。

「俺が知る限りでは、こいつはこの村でもかなりの腕前《うでまえ》を持っているんだがな」

ふっと表情を和らげた大工の男が、刀鍛冶の肩に手を置きながら言う。

力になれずすまない、というような表情をした刀鍛冶はゆるく首を振った。

「ふーむ、そちらの刀鍛冶でもダメとなると……他に腕のたつ職人に心当たりはないのか？」

師匠《ししょう》、弟子《でし》、他の工房——誰かしらいないかとアタルが訊《たず》ねる。

しかし、この刀鍛冶を超える者に心当たりはないらしく、全員が首を横に振った。

「なるほど、とりあえずいないということはわかった」

あっさりと切り替《か》えたアタルは、ぐいっと酒をあおる。

「――今はな」

しかし、もちろんこれで諦《あきら》めたわけではない。

「みんな飲んでいくうちになにか思い出したら教えてくれ。噂《うわさ》を聞いたことがあるとか、昔いたことがあるとか、ここじゃなくても別の街にいるとか、なんでも構わない」

申し訳なさそうにしているみんなに向かってアタルはそう言って彼らの顔を見回す。

「はい！　今日は知り合えたことを祝って乾杯しましょうっ！」

ここでキャロが空気を変えて盛り上げるために、酒を手にして笑顔で大きく声をかけた。

可愛《かわい》い獣人《じゆうじん》のキャロがそう声をかけると酔いを取り戻したように男たちの顔が緩《ゆる》む。

「そのとおりだ、みんな今日はたらふく飲もうじゃないか！」

キャロの思いを察したサエモンが続けて声をあげる。

「おぉ、いいじゃないか！」

「乾杯だ！」

「酒もってこーい！」

「飲めや食えや、歌えー！」

場の空気はもとどおり、宴会《えんかい》のソレへと戻っていき、再び活気づいていく。

「いいぞ、二人とも。これなら、また誰か情報を持ってきてくれるだろ」

にぎわう彼らを横目に酒を飲んでいるアタルは、二人の心遣《こころづか》いに柔《やわ》らかく微笑《ほほえ》む。

誰も情報を提供できないなかで、アタルが金を払《はら》っただけという構図はあまりよくないため、全員にはそのことを忘れて欲《ほ》しかった。

「ですねっ、みなさん楽しそうにしてらっしゃるので、良い状況《じょうきょう》かと思いますっ」

「なるほど、こうやってみんなの心を解きほぐして向こうから教えたいという風に持っていくのか」

彼らの作戦を理解したサエモンは、納得がいったように腕を組んで何度も頷いていた。

「まあな……このまま情報を得られない可能性ももちろんあるが、それでも俺たちの顔は覚えてくれただろうからな。気にかけてくれる人もいるからあとで情報をくれるかもしれないし、このあとに来る客がなにか知っているかもしれない。誰か友達を呼ぶかもしれない。急がば回れといったところだ」

直接情報を聞いて回るのも悪くないが、それだと相手に警戒心《けいかいしん》を抱かせるかもしれない。

だからこそ、アタルはあえて先に知りたい内容は口にせずに、おごるというところから話を始めていた。

「さて、どうなるかはわからないが、まずは俺たちも食事を楽しむとしよう」

アタルたちのテーブルにもいつの間にか多くの料理が運ばれてきており、そのうまそうな香りが食欲を刺激していた。

「はいっ！」

「うむ」

そうして、三人は箸《はし》を手に取っていく。

それから一時間ほど経過したがこれといった情報はなく、ただ宴会が進んでいった。

（ふーむ、今日はハズレか？）

さすがにアタルもそんな風に思い始めたところで、一人の女性が彼《かれ》らのテーブルへとやってきた。

「あの、刀鍛冶を探していると聞いたのですが……」

遠慮《えんりょ》がちに声をかけてきた人族の少女は淡《あわ》いピンクをベースとした着物を着ており、長い髪《かみ》をまとめたところにかんざしをさしている。

年齢《ねんれい》は恐らく十代後半くらい。

キャロより少し年上の彼女の手が荒《あ》れていることから、水仕事をしているだろうことはわかるが、白く華奢《きゃしゃ》で美しさを持っている。

「あぁ、そのとおりだ」

アタルが答えると、女性は一瞬《いっしゅん》明るく、そしてすぐなにか悩《なや》んだ表情へと変化していく。

「……私の兄が刀鍛冶をやっているのですが――もしよければ会ってもらえませんか？」

彼女の表情は真剣だったが、それでもどこか悩んでいるようにも見える。

「会うのは構わないんだが、あんたの兄とやらは腕はいいのか？」

正直なところを言えば、今回アタルたちが探している職人の条件はかなり厳しい。

普通に探しても見つかるものではないのはアタルたちもわかっている。

少女の兄となると恐らくはそれなりの若さだと思える。年相応の職人たちがお手上げ状態のものに何かできるとは想像しにくい。

だから、やや厳しい声色《こわいろ》で質問を投げかけた。

「今の兄では少し……いえ、かなり不安です」

これだけ聞けば、なんだダメじゃないかと結論づけてしまう者も多いだろうが、アタルは違《ちが》う。

不安げでありながら、少女の目はまっすぐで芯《しん》があるように見えた。

「なるほどな、今の、ということは以前であれば迷わずに推薦《すいせん》することができたということなんだな」

まさかこんな風に言ってくれるとは思ってもみなかったため、胸が熱くなった少女は目を丸くしながら何度も頷いていた。

「だったら一度会ってみることにしよう。ただ一つ言っておくが、力量が足らないと思えば仕事を頼むことはないからな」

「もちろんです！」

アタルの厳しい言葉に怯《ひる》むことなく、少女は力強く頷く。

「それじゃ、とりあえずはよろしく頼む。俺の名前はアタル、こっちはキャロで、こっちがサエモン」

「よろしくお願いしますっ」

「よろしく頼む」

このタイミングでアタルは彼女に名前を伝える。

「アタルさんに、キャロさんに、サエモンさん、ですね。私の名前はサヤといいます。刀鍛冶をやっている兄はツルギといいます。えっと、さすがに今日はもう遅《おそ》いので、明日みなさんが宿泊《しゅくはく》されている宿にお迎《むか》えにあがります。どちらの宿でしょうか」

土地勘《とちかん》のないアタルたちが動くよりも、わかるサヤが案内をしたほうが早く安全だということを彼女は考えていた。

「俺たちが泊《とま》っている宿はあそこだ……」

「あそこはいい宿ですね」

おおよその場所と覚えている店名を口にするとすぐにわかったらしく、すぐに把握《はあく》する。

「あぁ、だいぶいいとこみたいだな。部屋も広くて綺麗だったよ。じゃあ、明日の午前に迎えにきてくれるか？　受付には迎えに来ることを伝えておく」

「わかりました！」

アタルの言葉にサヤは元気よく頷くと店を飛び出て行った。

「――午前とは言ったが、まさか早朝に来たりはしない、よな？」

しばらく馬車に揺られ村に到着《とうちゃく》したばかりで酒の入っている状況で、そんなに早くから来られても困るというのがアタルの本音である。

「……どうでしょうか。なんだか、嬉《うれ》しそうだったのでもしかしたら……」

アタルの不安が的中するかもしれない、と不安げな顔のキャロも同じく思ってしまう。

「まあ、そうなったら私だけで行ってもいいから、二人はゆっくりと休んでくれ」

自身の刀のためにここまでしてもらって、なおかつ朝早くから二人に付き合ってもらうというのをサエモンは申し訳ないと思っていたために、そう申し出る。

「……面白《おもしろ》そうだから別にいいんだけどな。とにかく明日どうなるかはサヤの常識次第ということだ」

「ですねっ、あとは宿に戻《もど》ったら早寝《はやね》しましょうっ。リリアさんたちも、あまり遅くならないように言わないと」

キャロの頭の中では既に宿に戻ってからの動きのシミュレーションが始まっている。

「あんだけ食った後に散々昼寝《ひるね》して、夜眠《ねむ》れないとか言いそうだな……その時は気絶弾《だん》を撃《う》ち込《こ》めばいいか」

そんな物騒《ぶっそう》なことをアタルが言うが、キャロとサエモンは冗談《じょうだん》だと思って笑っている。

その後、宿に戻ったアタルはなかなか寝《ね》つけないリリア、イフリア、バルキアスの三人に容赦《ようしゃ》なく気絶弾を撃ちこんだのは言うまでもない。

第二話　刀鍛冶職人

翌朝。

アタルたちはいつもの時間に目覚めて、宿の朝食を食べてからロビーの休憩スペースでサヤがやってくるのを待っていた。

「とんでもない早朝とかに来られなくてよかった」

「ふわあ……今でも十分早いと思うけど……？」

朝食後であるにもかかわらず、リリアは寝ぼけた様子で立ったまま眠りそうになっている。

「わわわ、リリアさんっ。こんなところで眠ってしまってはだめですよっ」

キャロがそんな彼女の身体を支えて椅子《いす》に腰《こし》かけさせている。

アタルの足元ではバルキアスが丸くなって眠りについており、イフリアはそんなバルキアスの上にのって眠っていた。

寝ぼけ眼《まなこ》のままキャロに支えられて椅子に座ったリリアはそのまま目を閉じている。

朝食後のゆったりとした時間を過ごしているアタルたちのところへ慌てた様子で人が飛び込んできた。

「はぁっ、はあっ、す、すみません！　遅くなって、しまい、ました……！」

息を乱し、うっすらと汗《あせ》をかきながら頬《ほお》を赤らめ、申し訳なさから、サヤは深く頭を下げて謝罪をする。

「はあ、ふう、起きたのは早かったのですが、兄を説得するのに時間がかかってしまいまして……」

自分から申し出たというのに手間取ってしまったことを申し訳なく思っているサヤは再び頭を下げる。

「いや、別にゆっくりしていたところだからそれは構わないんだが……そのお兄さんはあんまり乗り気じゃないのか？」

あまり無理《むり》強《じ》いはしたくないという考えがあるためアタルは確認《かくにん》していた。

「うっ、兄が乗り気ではないのは本当なのですが、それでも才能があるのは本当です。最近はなかなか仕事に集中してくれないので、なんとかこの機会に立ち直ってほしいと思っていて……」

一瞬《いっしゅん》肩《かた》を落としたサヤだったが、ここまで来たら素直に本当のことを言ってしまったほうがいいだろうと、兄があまりいい状況ではないことを説明する。

「ほう、なるほどな。言い方は悪いが落ちぶれた天才というやつか」

なにかがきっかけで壁《かべ》にぶちあたり、そこで心が折れてしまうというのは、どんな業界でもよくみられる光景である。

「……まあいいか。とりあえず会ってみて可能性がないようなら、また別を探せばいいだけだ。今日はサヤの兄であるツルギとやらにかけてみるとしようじゃないか」

妹のサヤがなんとか立ち直らせようと尽力《じんりょく》している気持ちが伝わってきているため、少々ぶっきらぼうな言い方だが、会うという選択《せんたく》を伝える。

「あっ、ありがとうございます！」

断られるかもしれないと覚悟《かくご》していたサヤからすると、アタルの言葉は一筋の光明であった。

「さあ、早速《さっそく》行こう。案内してくれるか？」

「は、はい！　こちらです！」

サヤはこの機会を逃《のが》すまいとして、アタルが心変わりしないようにと、慌てたように立ち上がると走り出した。

「サヤはどうにもせっかちなようだな？」

まだアタルたちは全員宿の中にいて、キャロが受付にコップを戻しているところである。

しかし、途中《とちゅう》でサヤも気づいたようで、彼女《かのじょ》は恥《は》ずかしそうに戻って来ていた。


彼女の兄の工房は宿から少し離れていて三十分ほど歩いたところにある。

村の中でもはずれのほうにあり、工房の隣《となり》には大きな桜の木がある静かな場所だった。

しかし、工房からはなんの音も聞こえてこず、火の匂《にお》いもしない。

「ここが兄の工房です。今も中にいると思うのですが……」

そう言ったものの、鳥の鳴き声が響《ひび》くのみで静まり返っており、サヤも兄が逃《に》げてしまったのではないかと不安がぬぐい切れない。

「ちょ、ちょっと先に入りますね！」

そのため、サヤは焦《あせ》った様子で工房へと入っていく。

アタルたちは顔を見合わせてから、それに続いた。

「お兄ちゃん！　ちょ、ちょっと止めて！　あ、だめ！　それは大事な道具でしょ！」

すると、なにやらサヤが悲痛な声を出しているのが聞こえたため、アタルたちも慌てて声がするほうへと入っていく。

「どうした！」

すると、恐《おそ》らくサヤの兄ツルギだと思われる人物を、サヤが羽交《はが》い締《じ》めにしている光景に出くわした。

長く外に出ていないのであろうくたびれた青年は、酒浸《さけびた》りの日々を送っているのか、ぼさぼさ髪の粗雑《そざつ》な雰囲気《ふんいき》で、服もよれていた。

「あん？　誰《だれ》だお前たちは……？　ひっく……」

焦点《しょうてん》の合わない目でアタルたちをにらむツルギの顔は赤く、昼間からひどく酔っぱらっているのがわかる。

何事かと工房の中を見回すと、職人にとって命と同じくらい大切なはずの工具や金属が散乱していた。

「この方たちは刀を作ろうと刀鍛冶《かたなかじ》を探している人たちよ。腕《うで》のたつ職人を探しているっていうから、私がお兄ちゃんを紹介したんだって、朝説明したよね！」

改めて何者なのかをサヤが説明するが、大人しくなったツルギはそれを聞いて怒《いか》りに目を細める。

「……誰がそんなことを頼んだ！」

怒りのままに暴れて強引にサヤを振《ふ》りほどくと、完全に頭に血が上ったツルギは足元にある鉱石の欠片《かけら》を拾い上げて彼女へと投げつけようとした。

「ダメですよっ！」

しかし、キャロが素早《すばや》く彼の腕を掴《つか》んで止めたことで、それは実行には移されない。

「とりあえず寝ておけ」

そして、キャロの動きに合わせて動いたサエモンが後ろに回って手刀で気絶させる。

「……なかなかやっかいな人物だな」

あきれ顔のアタルはやれやれと肩《かた》をすくめながら思わずそうこぼしてしまう。

「すみません、兄がご迷惑《めいわく》をおかけして本当にすみません……！」

身内が迷惑をかけたため、サヤは泣きそうな顔で何度も謝《あやま》った。

「ねえ、とりあえずこの人はしばらく寝かせてお酒を抜《ぬ》いたほうがいいよね？　ちょっと冷静にならないとお話しできないと思うし……」

リリアは倒《たお》れているツルギのそばにしゃがんでツンツンと指でつついている。

「そう、ですね。多分お酒が入ってなければもう少しまともに話せると思いますので、申し訳ありませんがおつき合い下さい」

本日何度目になるかわからないが、サヤは深々と頭を下げた。

とりあえずまだツルギの能力も意欲も確認できていないため、アタルとサエモンでツルギを別の部屋へ運んで、彼の覚醒《かくせい》を待つことにした。

「――う、うーん……？」

それから二時間ほど経過したところで、布団《ふとん》の上に寝かせられていたツルギが目を覚ました。

「ここは……家、か？　つっ」

ゆっくりと身体を起こすツルギは首の後ろに違和感《いわかん》を覚えてそのあたりを撫《な》でている。

「おはよう、お兄ちゃん」

にっこりと笑いかけながらサヤが枕元《まくらもと》に正座していた。

ただの朝の挨拶《あいさつ》である。しかし、笑顔《えがお》であるにもかかわらずサヤからは怒りが感じられる。

「あ、あぁ、サヤか。おはよう……それで、こちらのみなさんは？」

起きたばかりで状況が把握できていないツルギはその怒りのこもった視線に耐《た》えられなくなって、慌てて話をアタルたちへと切り替える。

一度寝たことで酒が抜けて怒りは収まったものの、記憶《きおく》も同時に抜け去ったらしくアタルたちに全く覚えがなかった。

「もう……あっきれた。さっきのこと全然覚えてないのね」

頭を押《お》さえたサヤは呆《あき》れたようにため息をついて、首を横に振っている。

「俺の名前はアタル、こいつらは俺の仲間でキャロ、リリア、サエモン、バルキアスにイフリアだ」

アタルがさらりと自己紹介をし、仲間たちが順番に頭を下げていく。

それを受けたツルギはぼさぼさの髪を慌ててなでつけ、着ていた服を整えて座り直した。

「あ、あぁ、これはどうも。オレの名前はツルギです……それで、みなさんは？」

なんのためにここにいるのか？　それを質問している彼は、酒を飲んでいた間のことを全く覚えていないようだった。

「あのね、お兄ちゃん。アタルさんたちは腕のたつ刀鍛冶を探しているの。それで、私がお兄ちゃんのことをアタルさんたちに推薦したの」

サヤの説明にツルギは驚いて目を丸くするが、そういえば、サヤが昨日と今朝そんなことを言っていたのを思い出す。

「あー……そんなことを言っていた記憶がおぼろげに……けど、オレには無理だよ」

ようやく状況を理解したツルギはガクリと項垂《うなだ》れながら、力ない言葉を返した。

「そんな！　これはチャンスなんだよ？　お兄ちゃんだったら、他の職人に負けないくらいの実力はあるんだから、それをアタルさんたちの依頼で証明すれば！」

「――ダメなんだよ！」

なんとか受けてもらおうとすがる妹に対して、兄は振り払うようにバッサリ切り捨てる。

「色々と事情がありそうなのはわかったから、まずはそのあたりの話を聞かせてもらってもいいか？」

アタルたちは状況がわからないため、受けてもらおうと話していいのか、このまま静かにしてあげたほうがいいのか判断がつかない。

ならば、全ての事情を話してもらおうと、質問する。

「……わかりました」

「サヤ！　うっ……」

腹を括《くく》った妹を咎《とが》めようとするツルギだったが、ギンッと力強い気迫《きはく》の彼女に気圧《けお》され、引き下がった。

「ことの始まりは一年ほど前のことです……ある日、父が突然《とつぜん》旅に出ると言って、家を出て行ってしまったんです」

サヤが口を開き、ぽつぽつと経緯《けいい》を説明していく。

二人の父親はかなり腕のたつ刀鍛冶であり、クロガネ村でも一番といわれていた。

それこそヤマトの国中から彼の刀を求めて、わざわざこの村にやってくるサムライも少なくない。

実用だけでなく、芸術品としても評価されており、コレクターまでいるほどだった。

そんな父親が急にいなくなってしまったことで、この工房《こうぼう》を存続させるために兄妹《きょうだい》で協力していこうと日々努力していた。

しかし、名工の父より経験が少なく実力も足りないため、徐々《じょじょ》に客足が遠のいていく。

兄も腕には自信があったが、実際に仕事として刀を販売《はんばい》していくことで父との差を如実《にょじつ》に感じていた。

これまで培《つちか》ってきたものが足元からガラガラと崩《くず》れ去ってしまったように感じた兄は自信を立て直すことはできず、そこからは飲んだくれる日々が続く。

それでも彼の才能を信じているサヤはなんとか立ち直らせよう――一番近くで努力をずっと見てきたからこそ、そんな想《おも》いを強く抱いていた。

それゆえに、アタルたちが刀鍛冶を探していると聞いて、渡《わた》りに船と名乗り出ることにしたのだという。

「なるほど、サヤの気持ちはわかった。しかし、頼むとしても本人のやる気が感じられなければなんともだな」

妹の願いのために仕事を引き受けて、結果として刀ができませんでは話にならない。

こんな話をしている間も、ツルギは俯《うつむ》いたままで反応を示さずにいる。

「お兄ちゃん、お父さんを超《こ》える国一番の最高の刀を作るんだって言ってたよね？　あれは嘘《うそ》だったの？」

「いや、それは……」

ツルギ自身も自信を失うまでは父のような優《すぐ》れた刀鍛冶になって、そして父を超える刀を作ると宣言していた。

しかし、今の彼はそれを言われると強く責められているように感じてしまう。

「職人としての気概《きがい》は持っていたということか……だったら、これはどうだ？」

なにか思いついたアタルはカバンから青龍《せいりゅう》の鱗《うろこ》素材を取り出す。

「えっと、これはなんでしょうか？」

サヤが受け取ったが、彼女の目には何かの鱗に見えるものの、これがなんの鱗なのかわからず困ったようにそれを見て首を傾《かし》げている。

「……ん？」

そんな妹の反応が気になったのか、ツルギは顔をあげて彼女が手にしている素材に視線を送っていく。

「んん？　こ、これは⁉　か、貸してくれ！」

顔を上げた時はそれほど気にしていない様子だったが、サヤの手にあるものが目に入った瞬間《しゅんかん》、カッと目を見開いてそれをひったくるようにして受け取った。

「これは……なんだ？　なんの素材なんだ？」

食い入るようにいろんな方向から鱗を眺《なが》めているツルギはそれ以外見えていないというくらいに夢中になっている。

その反応を見て、サヤはガクッとなってしまう。

あれだけ勢いよくとったのだからすぐになにかわかるものだと思っていた。

「っ……！　こ、こんなすごい力を秘《ひ》めた素材は見たことがない！」

先ほどまでの肩を落として自信を無くしていたツルギの姿はどこかに消えていた。

「まあ、そうだろうな。なにせそれは神の素材だ。普通《ふつう》では手に入らない」

これまであまたの職人たちを魅了《みりよう》してきた青龍の鱗に、予想通り食いついてきたツルギの様子にアタルは内心ニヤリとしている。

「どうだ、興味を惹《ひ》かれるか？」

「きょ、興味どころか、ぜひこれを使ってなにかを作ってみたいです！　すごい、神の素材だなんて……」

出会ったばかりの時は、彼の目はよどんで絶望に満ちていた。

しかし、今はキラキラと輝《かがや》いている。

「欲しいならそれを譲《ゆず》っても構わない」

「ほ、本当ですか！」

アタルの言葉を受けたツルギは、離《はな》すまいとしっかり握《にぎ》りしめていた。

返せと言われても絶対に返さないぞという強い意志が感じられる。

「あぁ、別に同じものを山ほどもっているからな」

言いながらアタルは次々に青龍の鱗を取り出して、テーブルの上に並べていく。

「こ、こんなに……」

これほどまでに貴重な素材が次々に出てくることに驚愕《きょうがく》しながらも、このアタルという人物がとんでもない人なのだとあらためて感じていた。

「それで、俺たち……というより、こっちのサエモンに強い刀が必要なんだ。今使っているものでは少々物足りなくなっていてな……」

アタルが言うと、サエモンは自分の刀を抜いてツルギへと渡す。

「拝見します……これは相当な業物《わざもの》ですね。恐らくは数百年前の刀工が作ったものだと思われます。当時だけでなく、現在でもこの国の上位にあたる刀だと思います。これだけのものを所持しているのはとんでもない金持ちか、五聖刀でもなければ……」

そこまで口にしたところで、ツルギはハッとなにかに気づいて慌てだす。

「も、もしや、あなた様は五聖刀のお一人では……？」

これほどの業物をもっている人物といえばそれくらいしか思い当たらず、失礼なことをしてしまったと、顔色が青くなっていく。

「ははは、私はそんなすごい人物ではないし、金持ちでもないから安心してくれ。たまたま知り合いから譲り受けた刀が業物だったというだけだ」

サエモンはカラカラと笑って謙遜《けんそん》するが、実情を知っているアタルたちはなんともいえない表情になっている。

「ま、まあ、それでその刀を超えるものを作ることができそうか？」

とにかくここでアタルが本題に戻していく。

「………………」

しかし、なんの返事もないままツルギはサエモンの刀を睨《にら》みつけるように鋭《するど》い視線で眺め続けている。

ふと何かを思い立ったのか、刀を鞘《さや》にしまうとサエモンに返却《へんきゃく》してどこかへと行ってしまった。

「お兄ちゃん！」

どうしたんだろうかと焦ったサヤが声をかけてみるが、返事はない。

「どうしたんだろ？」

きょとんとしたリリアの質問に、困ったような表情のサヤは首を横に振るしかなかった。

その間、奥《おく》の倉庫の方からガタガタとなにかをしている音が聞こえてくる。

それが十分ほど続いたところで、蜘蛛《くも》の巣を頭につけて、土埃《つちぼこり》で顔が汚《よご》れたツルギが戻って来た。

「あ、あの……！　これを見て下さい！」

息を切らした彼が持ってきたのはひと塊《かたまり》の金属である。

両手で持てるくらいの量で、黒い金属はキラキラと光を反射している。

「この金属は……」

アタルが魔眼《まがん》で確認するが、とにかく強い力を秘めているということしかわからない。

『きゅー』

そしてアタル以外にこれに反応したのはイフリアである。

アタルの肩に乗った彼も強い力を感じているらしく、その金属に興味を示していた。

「確かにこの金属を使えばいい刀が作れそうだな」

イフリアが興味を示す未知の金属を前にアタルは期待に胸が膨《ふく》らむ。

だが首を横に振ったのはツルギである。

「いえ、それは難しいです……」

せっかく刀鍛冶としての想いを取り戻したかと思われたツルギは、暗い表情で目線を落としていた。

「どういうことなのでしょうか？」

キャロは純粋《じゅんすい》に疑問だった。

良い金属があって、腕のいい刀鍛冶もいる。

それなのになぜ刀を作ることができないのか、その理由がわからなかった。

「この金属は竜隕鉄《りゅういんてつ》といって、この数年で採掘《さいくつ》され始めた金属で、それでもこの国での含《がん》有量《ゆうりょう》は少なく、他国でもないらしく、流通しているのはごくわずかなんです」

ツルギは金属の説明を始めていく。

「刀を作る伝統技法では、二つの金属を合わせるのですが、この金属に見合うだけの強力なものが他になくて……実は父もそれを探して出て行ってしまったのです」

竜隕鉄に見合う金属はこの国にはないと判断した彼らの父は、他国にそれを求めて旅立っていた。

「なるほど金属か……さすがにそれは俺《おれ》も持っていないな」

『心当たりがある』

この竜隕鉄と同ランクの金属。

それを見た覚えがあったのはイフリアである。

まさか竜《りゅう》が話すと思っていなかったサヤとツルギの兄妹は驚《おどろ》いているが、構わずにイフリアは続ける。

『それとは異なるが、それと同じくらいに強い力を持つ金属を見たことがある』

「どこでだ？」

ここまで一緒《いっしょ》に旅をしてきた中では、アタル自身そんなものは見たことがない。

つまり、アタルたちと行動をともにしていない時期、もしくはそれ以前にその金属を見たということになる。

『我《わ》が故郷、精霊《せいれい》郷だ。数が豊富にあるがゆえに精霊王の許可があれば譲り受けることも可能なはずだ』

ここにきてまさかの回答に近づけることに、ツルギは目を見開いて驚いている。

「すぐに向かうことはできるのか？」

精霊郷がどこにあるのかわからないため、アタルは確認をする。

『うーむ……タイミング的にはいつでも行くことはできる。しかし、向かうにはこの国からだと少々距離《きょり》があるのでな』

「どこにあるのでしょうか？」

精霊郷というのは、ここまでイフリアの口以外からは聞いたことがなく、その場所というのが皆目見当《かいもく》もつかず、キャロは思わず質問してしまう。

妖精《ようせい》の国のように特別な場所なのか、それとも空に浮《う》かぶ島のような場所なのか。

『我々が出会った山だ』

そのシンプルな回答にアタルは頭を掻《か》き、キャロは項垂れてしまう。

「確かにあの山となるとかなり遠いな」

アタルとキャロはここまでかなり長い距離を旅してきたが、そのなかでも比較的序盤《ひかくてきじょばん》でイフリアと出会っている。

つまり、それだけの距離を戻らなければならないということだった。

「わかった。だったら、俺とイフリアで行こう」

「私も行きますっ！」

ここでキャロも名乗りをあげる。

「イフリアさんの故郷がどんな場所なのか見てみたかったんですよねっ」

精霊郷という場所の名前は聞いていたが、実際にどんな場所なのかキャロは興味が強い。

アタルと一緒に行動したいという気持ちも少なからずあるが、そちらはあえて口にはしない。

「そうだな、三人もいれば十分だろ。それで、その金属があればなんとかなりそうなのか？」

まだ足りないものがあるのなら、先に確認しておいたほうがいいと、ツルギに問いかける。

「その、もう一つ問題がありまして……」

問いを受けたツルギは言いづらそうに口ごもっている。

「もう、お兄ちゃん！　ここまで来たら隠《かく》したって仕方ないんだからちゃんと言って！」

煮《に》え切らない様子の兄にイライラしたサヤは彼の背中をバシンと叩《たた》いて、早く言うように促《うなが》していく。

「いたっ、わ、わかったよ！　問題なんですが、サエモンさんの刀を作るにはオレ一人では難しくて熟練の職人の相方が必要となります。刀は槌《つち》を打つ人との息が合わないと物として出来上がらないのです。なのでオレと呼吸を合わせられる人物でないと……」

それを聞いてアタルはなぜツルギが言い淀《よど》んだのか納得《なっとく》する。

「つまり、親父《おやじ》さんを見つける必要があるということだな。そっちのほうが難題か……」

行方《ゆくえ》知れずになっている人物を、しかも旅に出てしまったのは一年も前ということ。

そんな人物を探すのは容易なことではない。

「だったら、俺たちは金属を探してくるから、残ったみんなは親父さん……名前はなんていうんだ？」

親父さんと呼んでみたが、当人の名前を知らないことに気づいたアタルが質問する。

「あ、父はヤマブキという名前です。女性のようだと、本人はあまり気に入っていないようですが……でも、意外と似合ってると私は思っているんですけどね」

それに対してサヤが寂《さび》しそうな表情で答えてくれた。

「よし、俺とイフリアとキャロの三人は精霊郷に行く。リリア、サエモン、バル、それからサヤとツルギはヤマブキを探しに行ってくれ。情報集めとなると人数が必要だろうからな」

アタルが指示を出すと、全員が頷《うなず》く。

「そうそう、ツルギ、捜索《そうさく》中は酒禁止な」

サヤに物をぶつけようとしたのを思い出したアタルが圧をかけながら念押《ねんお》しする。

「も、もちろんです。せっかく機会をいただけたのですから、そんなことでふいにはしたくありません……！」

威圧《いあつ》に動揺《どうよう》しながら言うツルギは視線を泳がせており、それを見たアタルは絶対に呑《の》むだろうと予想していた。

「リリア、サエモン、バル、もしこいつが酒を呑もうとしたら、お前たちが止めるんだ」

「りょうっかい！」

「承知した」

『ガウ！』

当然だと、三人は快く承諾《しょうだく》していく。

「あ、私もちゃんと見張るので安心して下さい」

もちろんサヤもその中に加わった。

「うう、信用がないなあ……」

がっくりと肩を落としてぼやくツルギだったが、全員から刺《さ》すような視線を受けて口を閉じた。

第三話　精霊郷

　人の少ない場所に移動してから、イフリアに乗ってアタルたちは出発した。

「イフリア、魔吸砂の影響《えいきょう》を受けないようにかなり高い場所を飛んでくれ」

『承知している』

　初めてあの砂漠《さばく》にやって来た時に、急に力が抜けて落下した時のことを二人は思い出しており、苦い表情になっている。

「あの時はビックリしましたねっ」

　しかし、キャロはあれすらも思い出として胸の中に大事にしまっていた。

「まあ、あの経験はもうあまりしたくないな」

　操縦不能となった飛行機が落下するかのような大ピンチは、いくら精神補強されているアタルでも不安を覚える経験だった。

「そんなにですか？　アタル様はもっと危険な経験をしているかと思うのですが？」

　神とも戦った人物が恐怖心《きょうふしん》を持つことに、キャロは違和感を覚えてキョトンとしている。

「神は強いが地に足がついていて、自分たちの持てる力をフルに活用して戦えるだろ？」

仲間と一緒にアタルたちはここまでいろんな戦いを勝ち抜いてきた。

「だが、落下というのは自分たちではどうにもできないかもしれないと、あがきようのない怖《こわ》さを与《あた》えてくるんだよ」

自分でどうにかできないものに対する怖さというのは、この世界に来てから初めて経験したアタルの恐怖体験である。

「なるほどですっ。確かにあの時はアタル様が風の魔法《まほう》の弾丸《だんがん》を撃たなければ、イフリアさんごと地上に打ち付けられていました……」

キャロもあの時の光景を思い出していく。

『さすがに空を飛べなくなるというのも、急に力が抜けるというのも初めての経験だったから、アタル殿《どの》が機転を利《き》かせて対処してくれて助かった』

かなり高い位置からの落下だったため、なにもせずに地面に直撃《ちょくげき》していれば、イフリアといえども無事ではすまなかった。

「仲間を助けるのは当然のことだから気にしなくていい。それよりも、少し速度をあげられるか？」

『うむ、しっかりと掴まっていてくれ』

そこからは速度をあげて風を切り裂《さ》いてイフリアが飛んでいく。

目的地までは距離があって時間がかかるため、イフリアは飛ぶことに集中しており、アタルとキャロは景色を眺めてしばらくのんびりとした旅を続けることとなる。

（こういうのもたまには悪くないな）

ここ最近はそれなりに人数がいてワイワイしていることが多い。

馬車の操縦もキャロに任せていることが多く、二人になることもほとんどなかった。

だから、旅を始めたばかりの頃《ころ》を思い出すようで、アタルは懐《なつ》かしさを感じている。

（アタル様と二人というのは、ちょっとドキドキしますねっ）

キャロはアタルとは方向性が違《ちが》うものの、それでも同じように二人での旅を楽しんでいた。


途中で何度か休憩《きゅうけい》をいれて、二週間ほど経過したところで、いよいよイフリアが滞在《たいざい》していた山へと到着《とうちゃく》する。

「懐かしいな……ここで初めてイフリアと会ったんだよな」

『うむ、あの時は契約《けいやく》をしたいなどという人間に会ったのは初めてで、面食らったぞ』

イフリアは初対面の時の驚きを昨日のことのように思い出していた。

「私は内心でドキドキを押し殺していました……」

アタルと一緒に行動をはじめてそれほど経《た》っていない頃だったため、巨大《きょだい》な霊獣《れいじゅう》と向き合うだけで緊張《きんちょう》が支配していたのをキャロは覚えている。

「そんな頃もあったな……まあ、それはそれとして、どこから精霊郷に行くことができるんだ？」

山に到着したものの、特にこれといった何かがあるわけでもなく、魔眼で見ても変化は確認できない。

『この地は我との結びつきが強い。だから、この地からであればあちらへ繋《つな》がるゲートを開くことができるのだ……このあたりでいいな』

イフリアは山頂の開けたエリアで、両手を前に出して魔力《まりょく》を集中させていく。

『――彼《か》の地《ち》へと繋がる道、我が魔力に応えて開きたまえ』

彼《かれ》の魔力によって空間を切り裂くように口を開け、精霊郷へと繋がる道を作り出していく。

「おー、すごいな」

「ですねっ」

二人はゲートが作り出されたことにではなく、その向こうから感じる力に驚いていた。

かなり濃《こ》い魔素をまとった空気がこちらに流れだしているが、息苦しさを感じることのない清浄《せいじょう》で澄《す》みきったものである。

『さあ、二人とも我の背に乗ってくれ。我と一緒でなければあちらに向かうことはできないのでな』

本来ならば精霊郷に精霊以外が入ることはかなわない。

しかし、イフリアほどの強力な霊獣であれば、その力で同行者を覆《おお》うことで中に連れて行くことが可能だった。

「わかった」

「はいっ」

アタルとキャロは再度イフリアの背中に乗っていく。

『ここからは、少し力を使うからしっかりと掴まっていてくれ』

その言葉と同時にイフリアは全身を自らの魔力で覆い、背中の部分はやや厚めにしており、その中にアタルとキャロは取り込《こ》まれる形となる。

あちらに繋がるゲートを通る瞬間、強力な力がイフリアへと降り注いでいく。

これは霊獣や精霊であれば負担になることはない。

しかし、アタルたちのような外部の者に対しては拒絶《きょぜつ》の意味を持っているため、直撃してしまえば意識を失う程度のダメージを負ってしまう。

だからこそ、イフリアが自らの力でそれを防いでいた。

『もう少しだ』

しばらくすすんでいくと出口が見えてくる。

「あの先が精霊郷か」

アタルは力渦《うずま》巻くゲート内でも魔眼を使用して前方を確認《かくにん》していた。

『あぁ、あちらに出られればもう安全だ』

徐々に出口が近づいてきて、強い光に包まれた次の瞬間開かれた空間に出て、一気に視界が開ける。

『ついたぞ。ここが我が故郷、精霊郷だ』

久々の邂逅《かいこう》に目を細めたイフリアの声を聞いて、アタルとキャロがそっと目を開く。

「おー……」

「すごい、ですっ」

二人はその光景に驚いている。

空気中にはキラキラと輝く魔素が舞《ま》っていて、ぼんやりと淡《あわ》い魔力の満ちた紫色《むらさきいろ》の美しい幻想的《げんそうてき》な色合いの世界とマッチしていた。

空には小さな島がいくつも浮かんでおり、そこには精霊たちが思い思いに過ごしているのが見てとれる。

アタルたちが降り立った場所は美しい装飾《そうしょく》が施《ほどこ》された門があった。

出てきたアタルたちが振り返るとすでにゲートは閉じたようで、精霊郷の美しい景色だけが見える。

また前を振り返れば清浄な水が流れる川沿いに、強い魔力を秘めた神々《こうごう》しい花が咲《さ》き乱れ、そこらに転がる岩には美しい宝石のような鉱石が埋《う》め込まれており、それらが淡く光を放っている。

「妖精の国とはまた雰囲気が違うものだな」

アタルは同じように転移した先にあった国を引き合いに出す。

「あちらも綺麗《きれい》でしたけど、こちらはもっと幻想的な雰囲気ですねっ」

鳥、人、馬、魚、ユニコーンの姿など、色々な姿の精霊たちが自由に行き交《か》っている。

『気に入ってくれたようでよかった……が、問題は例のものをすんなりと手に入れることができるかどうかだな』

ここに来てから、イフリアは視線を感じていた。

それは他の精霊たちによるものであり、精霊ではないアタルたちを連れてきたことに懐疑的な精霊も少なくない。

「『ニンゲン、ニンゲンだよっ』」

「獣人《じゅうじん》の子もいる！」

「なにしにここにきたんだろうねっ」

ヒソヒソと囁《ささや》くように耳打ちしあいながらこちらの様子をうかがっている。

「……人が来ることはあるのか？」

イフリアが開いた通路を見ても、偶然迷《ぐうぜんまよ》い込んでくるようなことはないように思われる。

『記憶にある限りではないな。ずっとここにいるわけではないゆえに、その間のことはわからないが、我は聞いたことはない』

だからこその精霊たちの反応なのだと、イフリアは言外に語っている。

「なるほどな……つまり、俺たちは完全に異分子ってことになるのか。そんなやつらが突《とっ》如《じょ》やってきて金属をくれというのはよく思われないかもしれないな」

アタルは神妙《しんみょう》な面持《おもも》ちでこれからのことを考えていた。

「うー、精霊王さんが話のわかる方だとよいのですが……」

耳を垂らしたキャロも不安になりながら、精霊王に対する希望を口にする。

『さて、どうなるかだな。精霊王は比較的《ひかくてき》話のわかる人物だ。だからといって、アレを譲ってくれることとは同義ではないからな』

こんな話をしている間も、アタルたちへの視線は増えており、まるですべての目がこちらを向いて行動を監視《かんし》しているようでもあった。

「それで、精霊王はどこにいるんだ？」

とりあえずゲートを出てからずっと真っすぐ進んできたが、目的地となる精霊王の居場所がアタルたちにはわからない。

『あぁ、それならばこのままであっている。真っすぐ先に視線を向けてみてくれ』

イフリアに言われるまま、アタルとキャロは真っすぐ奥を見てみるが特にこれといったものは見つからず首を傾げている。

『ふふっ、そのままではわからないだろう。そこから視線を上にあげてみてくれ』

ゆっくりと視線を上にあげていくと、徐々に全貌《ぜんぼう》が明らかになってくる。

「あの壁《かべ》みたいなの、木なのか？」

「ほ、本当ですっ！　大王樹よりもずっと大きいですっ！」

二人ともここまで気がつかなかったため、茫然《ぼうぜん》と立ち尽《つ》くしてしまう。

アタルたちの目の前には巨大という言葉では足りないほどの巨木《きょぼく》が壁のようにそそり立っていた。

太い幹から広がる葉っぱは隅々《すみずみ》まで生命力を感じさせる立派なもので、たくさんの精霊が寄り添《そ》っているために光の玉がふわふわと浮いている。

木自体も精霊郷に満たされた魔力の影響を濃く受けており、淡い紫色の光を纏《まと》っている。

『あれは精霊樹というものだ。外の世界にある大王樹や世界樹と同系統だそうだが、この精霊郷の力で成長したためそれらを遥《はる》かに凌駕《りょうが》する大きさになっている』

こちらは空気中の魔素が濃く、精霊樹の養分としては十分過ぎるゆえに成長速度が速く、これほどまでに大きく成長していた。

「環境《かんきょう》の差がここまで成長に大きく影響を与えるとは思わなかったな……」

同じ植物の変化をまざまざと見せつけられたことに、アタルは驚愕していた。

『魔素だけでなく、精霊王の力を吸収しているため、その副産物として特別な金属が作られている。その名を霊王銀《れいおうぎん》』

それこそが、今回イフリアが紹介《しょうかい》した、刀の材料として選ばれた金属だった。

「なんだか、名前を聞いただけでも凄《すご》そうな気がしますねっ」

精霊の王――その名を冠《かん》する金属ということは、それだけ特別であるということを示している。

『精霊王の力を吸収した結果としてできたものだからその名なのだ』

話をしている間にいつの間にかアタルたちは精霊樹の根元までやってきていた。

精霊樹の根元では霊王銀らしきクリスタルのようなかけらが木々に張り付いている。

「なんだか早くないか？」

「そんなに歩きましたかね？」

もっともっと遠くにあるように思えたはずだが、あっという間に到着したことにアタルとキャロは奇妙《きみょう》な感覚に陥《おちい》っていた。

『ふむ、これはどういうことだ？』

イフリアは精霊樹に向かって問いかけた。

彼も同じように一瞬《いっしゅん》で移動したように感じていたための問いかけである。

「誰《だれ》もいないぞ？」

しかし、周囲には人影《ひとかげ》、精霊影《せいれいかげ》が見当たらないためアタルは思わずツッコミをいれてしまう。

『声は聞こえているはずだ。そうであろう？』

この言葉にも反応はない。

『おとなしくしていれば……』

次の瞬間、イフリアは炎《ほのお》の魔力を手のひらに集中させていく。

「わ、わかった！　わかったからやめよ！」

すると、精霊樹の中から慌《あわ》てた様子の半透明《はんとうめい》の人が姿を現わす。

それがアタルたちの目の前までやってくると、完全に色を取り戻《もど》していく。

「私が精霊王レグラシアだ。よろしく頼《たの》む」

白い髪《かみ》は顎《あご》あたりで短く切りそろえられており、精霊樹と同じく淡い紫色に光る眼を持っていた。

身長はアタルより少し低いくらいで、年齢《ねんれい》は三十代くらいに見えていた。

その身体は白い透明《とうめい》感のある装束《しょうぞく》に柔《やわ》らかく包まれている。

「若いな」

「え、えええっ、こ、こんなにお若い方なのですか？」

二人ともレグラシアの見た目年齢に驚いてしまう。

「はっはっは、そんな反応をしてくれると、この見た目でよかったと思えるな」

豪快《ごうかい》に笑うレグラシアに呆《あき》れたイフリアは顔に手をあてて首を横に振《ふ》っていた。

「話しやすいかと思ってこの見た目にしてみたのだが、好評のようでよかった」

精霊王自身も人の姿を気に入っているため、この姿でいることが多い。

「俺の名前はアタル、こっちは仲間のキャロ。それから、知っているとは思うが、俺と契約しているイフリアだ」

あえてイフリアの紹介をすることで、彼が自分たちの仲間であることを強調する。

「ふむ、自己紹介も済んだことだ。飲み物でも出そうじゃないか」

アタルたちをじっくりと見た精霊王はニヤリと笑うと、空中から透明なガラスのような魔法のティーセットを取り出した。

「何を出そうか……そうだ、これがいいな」

そして、透明のグラスに薄《うす》い青色の液体を注いでいく。

グラスはふわふわと空中を浮遊《ふゆう》しながらアタルとキャロの手元へと飛んでいく。

「これは？」

急に出されたものゆえ、アタルは匂《にお》いを嗅《か》いで警戒《けいかい》している。

「はっはっは、怪《あや》しいものではないから安心してくれ。それは精霊樹の樹液を抽出《ちゅうしゅつ》して作った精霊酒という酒だ。精霊たちもそれを好んで飲むからかなりの量を作ってある。酒とはいっても酔《よ》うことはない。美味《おい》しいから飲んでみるといい」

精霊王は自分でも飲んで見せて、アタルたちの抵抗《ていこう》を取り除いていく。

「どれ、飲んでみるか……美味《うま》い！」

「本当です、すごく美味しいっ！」

二人はそれを飲んで口当たりの良さ、うま味などを感じていた。

「少し甘《あま》みがあって、それが飲みやすくしているな」

「飲んだあとも嫌《いや》な感じはなくて、スッキリとしていますっ」

味に満足している二人を見て、精霊王も満足そうに笑う。

「いい評価をしてくれて嬉《うれ》しいが、だがそれだけか？」

そして、そんな問いかけを投げかけてきた。

「それだけ……いや、これはなんだ？　身体が熱い、のとは少し違うな。なにかの力に満たされている感じがする」

アタルは自分の身体の異変を探《さぐ》ろうと、感覚を研《と》ぎ澄ましていく。

「…………アタル様っ、これは恐《おそ》らく魔力だと思います。このお酒を飲むことで、体内を今まで以上の魔力が流れていますっ」

キャロはアタルよりも魔法を使う場面が多いため、魔力に関する感知能力も高い。

「なるほど、魔力か」

そう言われて、アタルは魔眼に力を込めてキャロの身体を確認する。

「確かにいつもより多い量の魔力がキャロの中を流れているようだ」

これはどういうことだ、とアタルが精霊王の顔を見た。

「うむうむ、人にもちゃんと効果があってよかった。それは先ほども言ったように精霊樹の樹液から作られているため、多くの魔力を含《ふく》んでいる。それを直接摂取することで、体内に魔力を取り込むことができるのだ」

これが精霊王によるもてなしだというように、説明する。

「それで、体内に魔力を取り込むとどうなるんだ？」

現在は魔力を飲んだだけの状態であるため、これになんのメリットがあるのかと、アタルが問いかける。

「それを飲むことで、元々持っていた魔力を活性化することができる。すると、その魔力が少しずつ増大していって、最終的にその者の持つ魔力量を増大させることができるのだ」

その説明にさすがのアタルも目を丸くして驚く。

「魔力量の最大値が増大するなんていうのは、魔法を使う者であれば誰もが望むことだぞ。こんなのが表に出たらそれこそ誰もが争ってでも手に入れたがるはずだ」

驚きに満ちたアタルの言葉に、精霊王はゆっくりと頷く。

しかし、その表情は先ほどまでの明るいものではなく、少々厳しいものとなっていた。

「お主が言うように、多くの者がそれを欲《ほっ》するだろうが、違いが出てしまう」

大きな力を宿した酒を誰彼《だれかれ》かまわず好き放題配ることはできない。

「飲める者、飲めない者、飲もうとして奪《うば》われる者、飲んでかなり魔力が増大する者、増大する量が少ない者。そんな差が争いを生んでしまう、か」

その結果として起こると予想されることをアタルが口にする。

「そのとおりだ。それゆえに、飲ませる相手は厳選する必要がある」

厳しいことを精霊王が口にする。

「……ん？　なら、なんで俺たちに飲ませたんだ？　俺たちはもちろんここの住人ではなくて外から来たわけだ。それに、先ほどのようなことを考えてしまう人間だぞ？」

別にそれでどうこうするつもりはないが、なぜ信用してもらえるのかが疑問だった。

「それは、隣《となり》にいる者が理由だ」

精霊王の視線の先にいるのはイフリア。

「確かイフリア、だったたな。そいつはこの精霊郷で生まれて長い時を生きてきた。そんな者が契約に足ると判断した相手ならば、信用できるとな」

そう言われて、精霊王に認められた誇《ほこ》らしい気持ちからイフリアは胸を張っている。

「なるほど、そういうことか」

信頼《しんらい》に足る者が連れてきたから、併せて信用してくれている。

つまり、それほどイフリアの信頼度《しんらいど》が高いということだった。

「……それで、わざわざこんな場所にやってきたのは、私と話がしたいだけではないんだろう？」

真剣《しんけん》な顔をした精霊王はアタルたちの目的がなんであるのかを尋《たず》ねてくる。

それと同時に、離《はな》れた場所で様子を見ていた精霊たちも耳をすませていた。

「あぁ、俺たちは、ここに特別な金属があると聞いたので譲《ゆず》ってもらえないかと思って来たんだ」

アタルは前置きすることなく、ストレートに用件を伝えていく。

その発言を精霊王は目を閉じて聞いており、周囲の精霊たちはざわつき始める。

「なるほど、アレを求めて来たのか。確かにそのような金属はここにある。名前を霊王銀といって精霊樹が私の力を吸うことで作り出している。ここではそれをなにかに使うことがないため、それなりに量が貯《た》まっている」

それを聞いたアタルとキャロの目は輝《かがや》いた。

「それじゃ、それを少し……」

わけてほしいと言おうとしたところで、精霊王が右手を前に出して言葉を制する。

「我々は霊王銀を使うことはないが、あれは精霊樹が神聖なる我が力を吸収したことで生み出した奇跡《きせき》のたまものだ」

価値はそれぞれによって違う。

使うから価値がある、使い道がないから価値がないというものではない。

「なるほど、それは理解できる」

「お気持ちはもちろんわかりますが……でも、それでは譲っていただけないということなのでしょうか？」

肩《かた》を落としたキャロが悲しげな表情で問いかける。

精霊王から拒否《きよひ》された場合、一から素材を探し直すことになってしまう。

今回はたまたまイフリアに心当たりがあるということで真っすぐ来ることができたが、情報集めからとなると、どれだけ時間がかかるのかわからない。

そのため、アタルは考《かんが》え込み、キャロも不安そうな表情になっていた。

『精霊王よ、意地悪をしないで条件を提示してくれ』

しかし、イフリアだけは精霊王がなにを考えているのか理解しているらしく、なにやら条件を話すように促す。

「はっはっは、ここまでわざわざ来たのに、なんの条件もなく無理というのはさすがにな？」

そう言って、精霊王はチラリと視線を上に向ける。

すると、空から火と風の精霊が降り立った。

どちらも人型をしており、それぞれの属性の力を身に纏っている。

「俺は火の大精霊ノアルだ」

真面目さがにじむ強面《こわもて》のがっしりとした体躯《たいく》の男性タイプで、赤をベースにした空手道着のようなものを身に着けており、髪は炎で燃えている。

こぶしを突《つ》き合わせて頭を小さく下げ、あいさつした。

「私は風の大精霊フリルです」

優しく微笑《ほほえ》む女性タイプのフリルは、緑色をベースとしたドレスのような服をその豊満な身体に纏っている。

それに合わせた風の布をふわりとショールのように纏い、妖艶《ようえん》な姿をしていた。

彼女《かのじょ》の髪は腰《こし》まで伸《の》びた緑のロングヘアで、それを風でできたシュシュのようなものでゆるく一つにまとめている。

「まずは彼らに勝てるという実力を示してくれ」

「わかった」

精霊王が提示した条件にアタルは即答《そくとう》する。

これまでにも、実力を見せてみろ、などということを言われる経験は何度もしており、これくらいのことは慣れている。

「ほう、間髪《かんはつ》を容《い》れずに答えるとは度胸が据わっている」

精霊王は気に入ったとニヤリと笑う。

「で、ルールはどうなるんだ？」

それを決めずに戦って、難癖《なんくせ》をつけられたくないとアタルが質問する。

「単純にこの二人と力比べをして、私を納得させるだけの実力を見せてくれ。勝敗に関しては私が判断を下すが、基本的には相手を無力化させたら勝ちとなる。死にいたりそうな際には止めるから安心してくれ」

この条件を聞いて、アタルとキャロは問題ないと頷いている。

その反応に大精霊たちは不満そうに目を細めていた。

自分たちが舐《な》められている、と感じているようである。

「それと、同じ精霊種であるイフリアの参戦は認めない。同族での争いは、殺し合いでないとしても見たくないのでな」

「わかった」

「では、私とアタル様だけですねっ」

この条件に対しても、アタルとキャロは問題ないと判断していた。

しかも、当のイフリア自身もなんら文句を言うことはない。

（ふーむ、どういうことだ？　あの三人ならイフリアが一番力を持っていると思うが？）

どうして、誰も不満を言わないのかと、精霊王《せいれいおう》は内心で困惑《こんわく》している。

「とりあえず俺《おれ》は見ているから……キャロ、一人で頑張《がんば》れ」

「はいっ！」

「なんだと⁉」

二対二という構図で戦うと思ったが、ここでアタルが戦わないというまさかの判断だった。

しかも、アタルの言葉に対してキャロは何一つ疑問を持つことなく返答をしている。

傍《はた》から見たらキャロは愛らしいうさぎの獣人少女。

筋肉質な身体には見えず、強さよりもかわいらしさが目立つ。

「精霊王様、私は準備完了《かんりょう》ですっ。いつでもいけますっ！」

軽く身体をほぐしたキャロは両手に武器を構え、既《すで》に戦いに意識をシフトさせている。

「あ、あぁ。戦いにふさわしい場所を作ろう」

キャロの言葉に精霊王は戸惑《とまど》いながらも、審判《しんぱん》としての役割に専念することにする。

その手はじめとして、周囲へ影響が及《およ》ばないようにキャロと大精霊を中心としてドーム状に空間を広げて一瞬にして戦う場所を作り出した。

「これでいいな。それでは――はじめ！」

（どう出てくるのでしょうか……？）

武器を構えたキャロは不用意に動かず、まずは相手の出方を探ることにする。

「慎重《しんちょう》なのはいいことだ」

「でも、それが過ぎるのは良くないわ」

キャロの初動を見て、大精霊二人はそれぞれの感想を口にしている。

「では、これをもって相手をしよう。〝炎熱剣《えんねつけん》〟」

「私はこれを。〝烈風剣《れつぷうけん》〟」

二人はそれぞれの属性剣《けん》を作り出して、キャロへと向かって行く。

「ふっ！」

左右からやってくる二人に対して、キャロは左右の剣でそれぞれの攻撃《こうげき》を防いでいく。

炎の大精霊は剛《ごう》。風の大精霊は柔。

翻弄《ほんろう》するように一気に襲《おそ》いかかってきた二人をキャロは真正面から受け止めた。

「簡単にこれを受け止めるとはな」

「まさかの実力」

見た目と持ちうる魔力から判断して、キャロは実力を探るための当て馬だと、大精霊の二人は判断していた。

しかし、彼女の剣術《けんじゅつ》はこの二人を相手にしても同等以上である。

「――キャロが弱いわけがないんだよな」

相手の考えを見透《みす》かしたような発言を、アタルがため息交じりに呟《つぶや》く。

『見た目だけでいえば、キャロ殿が弱そうに見えてしまうのも道理なのかもしれないな。だが、実力は我々の中でも一、二を争うのが事実だ』

二人の会話を耳にした精霊王はまさかと、目を丸くしてキャロのことを見る。

「はあっ！　せいっ！」

舞うように戦いを続けるキャロは息一つ乱すことなく、火と風、双方《そうほう》の魔法剣《まほうけん》を全て受けきっている。

しかも、それだけにとどまらず、大振《おおぶ》りになった時には華麗《かれい》なステップで回避《かいひ》をして相手にカウンターを食《く》らわせていた。

「くっ、これは、なかなか……」

「強い、です！」

はたから見れば、キャロは二人の攻撃を防いでいるだけのようにも見える。

しかし、実際には武器と武器が衝突《しょうとつ》する瞬間《しゅんかん》にキャロが力を込めて撃《う》ち返しており、大精霊二人の手はしびれて握力《あくりょく》を失いかけていた。

「なにをやっている！　相手の得意分野で戦おうとするんじゃない！」

見るに見かねた精霊王が二人に指示を出していく。

「うん？　審判は公正な立場なんじゃないのか？」

そんな発言に思わずアタルがツッコミをいれてしまう。

「いや、それは、その、すまない……今のは目を瞑《つぶ》ってくれ」

「まあいいだろう」

気になったからつついてみたものの、そこまで問題視するつもりもないので、アタルはすぐに引き下がることにする。

「ぐっ、精霊王様のいうとおりだ。下がるぞ、フリル」

「わかったわ、ノアル」

指摘《してき》を受けた二人は、それを受け入れキャロから距離《きょり》をとる。

これが実際の敵との戦いであれば、キャロは距離をとらせずに相手のふところに入って連撃を続けるはずである。

しかし、キャロはあえてそれをせずに、二人が次の攻撃に移るのを待っていた。

「それではいくぞ！」

「えぇ！」

二人は強力な魔法を使うために、魔力を高めていく。

火の大精霊が炎をまとう大剣《たいけん》をもち、風の大精霊は美しい大きな扇《おうぎ》を手にしていた。

「我《わ》が力は全てを焼き尽くす爆炎なり！」

「我が力は全てを吹《ふ》き飛ばす豪風《ごうふう》なり！」

二人は同時に魔法を使おうとしている。

「我が炎は、風の力によりその力を燃え上がらせる！」

「我が風は、火の力を更《さら》に燃え上がらせる！」

ここにきて、単独の魔法が二つ飛んでくるのではなく、協力魔法を使おうとしているのがわかる。

二人の周囲の気温がどんどん上昇《じょうしょう》していき、ドーム内では風が吹き荒《あ》れている。

「まさか、この魔法を使うとは……」

周囲にまで影響を与えているということは、それだけ強い魔法を使おうとしているわけであり、それに対してキャロがなすすべなくやられる映像を精霊王はイメージしていた。

「まあ、これくらいはやってもらわないとな」

『うむ』

それでもアタルとイフリアは全くといっていいほど動揺《どうよう》しておらず、キャロの戦いぶりを眺《なが》めているだけである。

「「炎風合体魔法、サイクロンフレア！」」

二人の声はぴったりと重なる。

魔法が発動され巨大な炎の渦《うず》が真っすぐキャロへと向かって行く。

「ありがとうございますっ」

それに対してキャロがしたのは、まず礼を言うこと。

（この魔法はとても強力。ただ剣を構えるだけではきっと飲《の》み込まれてしまいますっ）

そうなってしまったら、キャロは火傷《やけど》をする程度ではすまない。

「ですが、これがまた一歩私を成長させてくれますっ！」

キャロは魔神《まじん》の剣一本だけを構える。

（私の根源たる力を）

冷静なキャロはドクンと脈動する自らの獣力を込めていく。

（私が目覚めた剣の力を）

今度は剣気を満たしていく。

（そして、高められた魔力を！）

精霊酒を飲んだことで、キャロの魔力量はかなり上昇している。

幾多《いくた》の戦いを乗り越《こ》えてきた彼女は、恐らく獣人ではトップクラスの力を持っていると言っても過言でないくらいに成長していた。

「いきます！」

そして、飛んできた魔法《まほう》に剣を振り下ろした。

力は込められているはずだが、それはゆっくりと振り下ろされているように見える。

「な、なんだ！」

「そ、そんな！」

しかし、このひと振りが持つ力が尋常《じんじょう》ではないことを、対峙《たいじ》しているからこそ二人はいち早く感じ取っていた。

次の瞬間、炎の渦は真っ二つに切り裂かれ、そして霧散《むさん》していく。

魔法の体《てい》をなさなくなれば、力を失って消えていくのは当然のことだった。

だが、この場にいる誰もがその事実を受けいれられずにいる。

それを成したキャロ、そして仲間のアタルとイフリア以外は……。

「終わりですっ」

魔法を斬《き》るだけでは終わらず、キャロは大精霊たち二人との距離を一瞬のうちに詰《つ》めており、二人の喉元《のどもと》に剣をあてていた。

「ま、まいった……」

「わ、私たちの負けです……！」

二人はそれ以上抵抗することなく、自ら負けを認める。

「…………」

しかし、精霊王からの声は聞こえてこない。

「おい、判定はどうなんだ？」

呆然《ぼうぜん》としている精霊王にアタルが声をかける。

「あ、あぁ、そうだったな。勝者、キャロ」

なんとか、自分の役割を思い出した精霊王が勝利の審判を下した。

「キャロ、お疲《つか》れ様《さま》」

『いい戦いだったぞ』

アタルとイフリアが戻って来たキャロをねぎらう。

「やりましたっ！」

そんな二人にキャロはとびきりの笑顔《えがお》を見せる。

自分の力で強力な魔法を壊《こわ》すことができる。

それがわかったことで、別の状況《じょうきょう》でもあの方法は使えると、自身の成長を感じていた。

「情けない！」

「あいつらだから負けたんだ！」

「子ども相手に負けるなんて情けない！」

「あんな戦いで霊王銀をもっていかせるのか！」

先ほどの戦いを見て、そして勝利を喜んでいるアタルたちを見て、集まっていた精霊たちは口々に不満を吐《は》き出している。

「さっきの魔法の威力《いりょく》がわからないわけじゃないだろうに、それでもキャロの見た目から判断が鈍《にぶ》らされているのか」

アタルは彼《かれ》らの反応を受けて肩を竦《すく》めている。

「サエモンさんの方が説得力ありましたかね？」

耳を垂らして困ったように苦笑いを浮《う》かべたキャロは、そんなことを口にする。

『いや、あいつらの目がただ曇《くも》っているだけだ。精霊であれば人に負けないはずだなどという傲慢《ごうまん》なことを考えているからそんなことに……』

イフリアは精霊たちの視野の狭《せま》さ、頭の固さに苛立《いらだ》ちを見せていた。

「ま、それを急に変えるのは難しいだろうな……となると、どうする？」

アタルは面白《おもしろ》くなってきたなと、ニヤリと笑いながら精霊王に質問する。

「どうする、と言われてもな。キャロの勝ちは既に決まったことだが……」

精霊王はまさか精霊たちがここまで強く反応するとは思ってもみなかったため、困惑していた。

いくら精霊王といえどもここまで騒《さわ》がれては精霊たちの意見を無視することはできない。

「さて、仕方ないな……」

口ではこう言っているが、アタルは不敵な笑《え》みを浮かべている。

「文句あるやつは全員まとめて相手にするからかかってこい」

そして、立ち上がるとくいっと手で精霊たちを挑発《ちょうはつ》する。

「生意気なあのニンゲンを倒《たお》せ！」

「精霊の強さを思い知らせてやる！」

「黙《だま》れ……ニンゲンごときが！」

精霊たちは見事にアタルの反応に苛立ち、動きの速いものから順番に襲いかかっていく。

「お、おい、どうする？　止めた方がいいか？」

精霊王が確認してくるが、大丈夫《だいじょうぶ》だとアタルは首を横に振ってハンドガンを構える。

「それじゃ、少し黙っていてもらうとしようか」

そして、次々に弾丸《だんがん》を撃ちだしていく。

あっという間に十二発が発射される。

「リロード」

弾丸の再装填は一瞬のうちに行われるため、隙《すき》は無い。

「あ………」

精霊王が思わず声を漏《も》らすが、その間にもアタルは弾丸を撃ちだし、リロードし、精霊たちがバタバタと地面へと落下していっている。

「こんなものか？」

アタルは手を止めると、あまりの手ごたえのなさからそんなことを呟いた。

「みんな、バラバラではなく一斉《いっせい》にかかるぞ！」

誰かの号令を合図に、今度は間をあけずに一斉に向かって行く。

前方の精霊が弾丸を受けたとしても、後続がそれを越《こ》えて行けばいいという、死なばもろともの決死の攻撃を繰《く》り出している。

「悪くない、悪くないがまだまだな。速度を上げさせてもらう」

今度は先ほどまでの倍以上の速度で弾丸が発射されていく。

「そ、そんな……！」

そのため、精霊たちはなすすべなく意識を失って落下していった。

倒された精霊はゆうに百を超えている。

「その程度じゃ俺に勝つどころか、触《ふ》れることもできないぞ」

余裕《よゆう》がある様子のアタルは、シューティングゲームを楽しむかのように空飛ぶ精霊たちを次々と撃ち落としていた。

「いい加減にしろ！」

しかし、ここでアタルのことを怒鳴《どな》りつける精霊が現れる。

それは先ほどキャロが戦った大精霊と同タイプの精霊だった。

僧侶《そうりょ》のような恰好《かっこう》をした黒い肌《はだ》と髪を持つ土の大精霊は大きな岩を削《けず》ったような斧《おの》を構えている。

青い髪の少女のような水の大精霊は水をまとう大きな杖《つえ》を持っている。

黒いジャケットに尖《とが》った髪の青年のような雷《かみなり》の大精霊は稲光《いなびかり》をまとう槍《やり》を持っている。

「なるほど、次は土と水と雷の大精霊か。キャロに対しては二人だったのに、俺には三人も出てきてくれるとは大歓迎《だいかんげい》してくれるみたいだな」

精霊たちより強そうな相手が出てきてふっと笑ったアタルは冗談《じょうだん》を口にするが、それを挑発ととった大精霊たちは先の二人と同じようにそれぞれが司《つかさど》る属性の魔法武器を作り出してアタルへと向かってくる。

「ほう、遠距離魔法《えんきょりまほう》で来るかと思ったが、接近戦を挑《いど》んでくるとはな」

大精霊の魔法は、先ほどの二人を見てもわかるようにかなり強力なものである。

ゆえに、今度は三人そろっての魔法を使ってくるものだとアタルは予想していた。

「遠距離での戦闘《せんとう》はそちらにもかなり分があるようだからな、その武器は先ほどの少女の剣と違《ちが》って近接戦闘には向いていないはずだろ」

銃《じゅう》の特性を見抜《みぬ》いての攻撃だと、雷の大精霊が口にする。

「正解」

それを肯定《こうてい》したアタルの顔には笑みが浮かんでいた。

ただの力任せではなく、考えて戦ってくる相手に楽しくなっている。

「ふん！」

「せい！」

「やあ！」

雷の大精霊は槍でアタルを突いて来る。

土の大精霊は大きな斧を振り下ろす。

水の大精霊は杖で殴《なぐ》りつけるような攻撃を繰り出していく。

三者三様の攻撃だが、アタルはその動きを魔眼《まがん》で確認《かくにん》しながら回避していた。

「俺たちは武器を手に入れて使うが、大精霊は自ら武器を作り出すんだな。なかなか面白い戦い方だ」

アタルは余裕を持っており、回避しきれない攻撃はハンドガンで受け止めていなしていく。

「くっ、そんなものでなぜ戦える！」

余裕を持って動くアタルに対して、どれだけ攻《せ》めても手ごたえを感じられない状況に大精霊たちの顔からは焦《あせ》りが感じられていた。

「そんなものと言われてもな、なかなか便利な武器なんだぞ？」

そう口にした瞬間、後方に向かって右のハンドガンを発射する。

弾丸はそのまま、武器を投げようとしていた雷の大精霊に命中した。

（こ、こいつ、後ろにも目があるのか？）

完全に死角をついたはずなのに、攻撃をしてきたことに彼は混乱してしまう。

「そろそろ防戦一方というのも飽《あ》きてきたから攻撃に転じさせてもらうとするか」

今度は左のハンドガンから、一発の弾丸を撃ちだす。

それは先ほどと同様に雷の大精霊を狙《ねら》ったもの。

「ふん、こんなもの効かないぜ！」

変哲《へんてつ》のない一発の弾丸は、雷の槍によって受け止められる。

速度があろうと、この程度の攻撃であれば用意に防御《ぼうぎょ》することができる、それが雷の大精霊の判断だった。

「なっ！　っぐ、ぐおおおおお！」

しかし、その判断が間違《まちが》いであったことにすぐに気がつく。

アタルが放った弾丸は強通常弾《だん》、しかも玄武《げんぶ》の力を乗せた神の弾丸である。

軽く弾くつもりで構えていた槍は大きく弾かれて態勢を崩《くず》してしまう。

「なんだと！」

「まさか！」

それに反応した土と水の大精霊はそちらに意識が向いてしまい、隙をつくることとなる。

「甘いな」

そこに同じ弾丸をアタルが撃ちこんでいく。

「ぐあっ！」

「わあっ！」

雷の大精霊と同じように武器を弾かれた二人の身体はがら空きになっている。

「それじゃ、終わらせてもらおう」

アタルは気絶弾を発射していく。

ただ、大精霊にもなるとこの程度では気絶させられないのはわかっている。

アタルはここに玄武の力と、先ほど強化された魔力《まりょく》を込《こ》めていく。

一人につき、十二発の気絶弾（玄《げん》）が撃ち込まれ、三人は言葉もなくその場に倒れてしまった。

そんな様子を離れた位置で見ていた光と闇《やみ》の大精霊は、自分が戦いに参加しなかったことは正しい選択《せんたく》だったとホッと胸をなでおろしている。

（やめておいてよかった）

（あれは危険すぎる）

もし、自分たちも参加して五人で戦っていても、結果は同じだったというのが二人から見たアタルの実力だった。

「さて、他に俺とやるやつはいるか？」

向かって来た精霊はあらかた倒したため、他にもやる気のある精霊がいるかと確認していく。

「いないか……あ、そうそう。言い忘れていたけど、この倒れている精霊はみんな気絶しているだけで死んではいないからな」

この一言を聞いて、戦いに参加しなかった精霊たちが驚《おどろ》きを見せる。

「いやいや、殺したと思ったのか？　さすがにそうだとしたら、凄惨《せいさん》な光景すぎるだろ」

自分はそんなことをするように見られていたのかと、アタルは驚いている精霊たちを見て肩をすくめる。

「さて、もうやるやつはいなそうだが、これで霊王銀《れいおうぎん》を俺たちに……」

譲ってくれるのかと、精霊王に視線を向けるが、なにかがおかしいとアタルは言葉を止めた。

「ふ、ふははっ！　なかなかやるものだな。これだけの力を見せてくれたのであれば、霊王銀を譲ることに異論はないだろう！」

精霊王は楽しそうに笑いながら、アタルたちの希望を叶《かな》えてくれると話す。

話すが、アタルが感じたように、精霊王は先ほどまでと雰囲気《ふんいき》が違っていた。

「だがな、あまりに底が見えないその実力に私も君たちに興味が出てきたよ」

精霊王は肩を回し、指をぶらぶらと動かして、なにやら準備運動を始めている。

「本当の力を私に見せてくれ。そうすればいくらでも霊王銀を譲ろうじゃないか」

これまで、彼は自分の力を使って強者と戦うことはなかった。

だが、ここに来てアタルたちは大精霊に対して圧倒的《あっとうてき》な実力を見せてきた。

彼らならば、自分とも対等に戦えるのではないか、そう考えたのだ。

「なるほど……」

（精霊王は恐らく神クラスの実力を持っている。なら、いい訓練になる。それに……）

なにか思いついたアタルはここで交渉《こうしょう》に出ることにする。

「あんたはここにいる精霊たちの中でも圧倒的な力を持っているはずだ。対峙しているだけでもそれを感じ取れる」

「まあ、そうだろうな」

アタルの言葉に精霊王は頷《うなず》き、周囲の精霊たちも頷いている。

「霊王銀をもらえるだけの実力は既に見せたうえで、精霊王という強者と戦うことになるのだから、もし満足させることができたらもう一つ要求したいことがある」

霊王銀だけでは飽き足らず、更に別の要求までしてみせたアタルに、精霊王は目を丸くしている。

「……はっはっは、確かにそうだな。ここまで十分なほどに力を見せてくれたのに、こちらの希望だけで戦ってくれというのは申し訳ない。よし、どんな要求だとしてものむと約束しようじゃないか」

精霊王は太っ腹であり、アタルの要求を聞く前から了承《りょうしょう》してくれた。

それを聞いたアタルの口角が先ほどより、少し上がったことに彼は気づいていない。

「あー、そうだ。もう一つ、これは戦闘条件なんだが、こっちは俺とキャロとイフリアの三人でも構わないよな？」

神クラスと戦うとなれば手を抜《ぬ》くつもりはなく、ここにいる三人で力を合わせて全力で戦うというのがアタルの考えである。

「それで構わん。こちらはそちらのキャロさん相手に二人の大精霊が、アタル君に対しては多数の精霊が向かったのだ、私に対して三人で来ることに文句をつける者もいまい」

精霊王は精霊側が先に数的有利な状況で戦い始めたことを引き合いに出すことで、精霊たちが文句をつけないようにしていく。

「それじゃ、少しここを片づけたら始めようか」

「あぁ、そうだな。みんな気絶している精霊たちを運んでくれ。それから我々から距離をとったところで観覧してくれ。一応結界ははるが、近くにいるとどうなるかわからん」

アタルの言葉に、精霊王が指示を出していく。

彼はアタルたちがまだまだ本気を出していないことを理解しており、また自身が本気で戦ったら広範囲《こうはんい》に影響《えいきょう》を及ぼすかもしれないとも考えていた。

それから、精霊たちは未《いま》だ気絶している精霊たちを安全な場所へと運んでいく。

ドーム型の強固な結界を再度生み出した精霊王に従い、見学者たちは言われたとおりに距離をとっている。

「さて、それでは早速《さっそく》戦うということでいいか？」

「あぁ、こちらも準備は万全だ」

アタルはハンドガンを手にして距離をとっている。

「私も大丈夫ですっ！」

キャロは剣を構えて、いつでも精霊王に向かって行けるように待機中だ。

『うむ、構わんぞ』

イフリアは、機動性も維持《いじ》できるように三メートルほどのサイズを維持している。

それに対して、精霊王は霊王剣という名の剣を手にしていた。

「では……はじめ！」

審判役《しんぱんやく》として相応《ふさわ》しい人物がいなかったため、精霊王自らが開始の声を発する。

「まずは私がっ！」

キャロが走り出し、精霊王へと接近していく。

「ふむ、定石どおり前衛の君が接近戦をというところか」

余裕の表情で精霊王はキャロの一撃《いちげき》を受け止めようと剣を前に出す。

「せい！」

「ぬっ！」

（これほどの力を持っているとは！）

しかし、攻撃を受け止めた瞬間、精霊王は想定以上の重さを感じていた。

「やあ！　せい！　せやああ！」

キャロの攻撃はそこで止まらずに、次々に攻撃を繰り出していく。

彼女は大精霊と戦った時とは異なり、最初から全力で挑んでいる。

剣には獣力と剣気、それに青龍《せいりゅう》の力も上乗せしている。

そのため、その一撃一撃が彼女の持てる最強の攻撃となっていた。

「ぐっ、これほどの力を秘《ひ》めていたとは……」

それでも精霊王も自らの力を高めて、キャロと同等に打ち合っている。

「それじゃ、そろそろ俺も参戦するとしよう」

精霊王の意識がキャロに集中し始めたところで、アタルはハンドガンを構えた。

ただでさえ素早《すばや》く手数の多いキャロの攻撃。

そこにアタルのハンドガンによる弾丸の雨が降り注いでいく。

それも、全ての弾丸に玄武の力を込めている。

「この、ちょこまかと！」

キャロの攻撃をなんとか受けきり、アタルの弾丸を回避・迎撃《げいげき》しているが、防戦一方であるため、精霊王は苛立ち始めている。

『ここだな』

このタイミングでイフリアはブレスの準備をしていた。

まだ朱雀《すざく》の力を込めてはいないが、精霊王にもダメージを与《あた》えると予想している。

「ふん、お前のブレスなどこれで」

精霊王の左手にはブレスを防ぐ魔法の盾《たて》が現れており、イフリアのブレスに対応する準備ができていた。

『あれを出されてはブレスを防がれてしまうか……』

霊王剣はキャロの魔神剣《まじんけん》とまともに打ち合えている。

そして、この霊王盾は仮にイフリアがブレスを放っていたとしても、容易に防ぐことができるくらいのしろものである。

「ふっ、さすがにブレスでやられるわけにはいかないからな」

ここで精霊王の意識はキャロの剣戟《けんげき》と、イフリアのブレスに引っ張られている。

イフリアにしても、ブレスを中止したとはいえ、高めた魔力はそのままでキープしていた。

(これだな)

アタルはここがチャンスだと判断する。

精霊王は盾を装備したことで、より一層防御にシフトしている。

そこにアタルは無数の弾丸を放つ。

ただし空に向かって。

(静かに、集中して……)

ここでアタルはハンドガンを収納して、スナイパーライフルへと持ち替《か》える。

それに加えて気配も消していた。

「ふっ、この程度であれば、私に勝つことは……なにっ⁉」

先ほどアタルが空に放った弾丸が、時間差で精霊王へと降り注いでいる。

先ほど用意した盾でなんとか防いではいるものの、キャロの攻撃もやまないため、完全に押《お》し込まれていた。

「今だ！」

ここでアタルが放った弾丸はスピリットバレット（玄・朱《しゅ》）。

二柱の神の力が込められた強力な弾丸が精霊王へと向かって行く。

「なん……！」

「させませんっ」

精霊王が慌《あわ》てて剣で防ごうとしたタイミングで、キャロが全力で霊王剣をかちあげてそれを邪魔《じゃま》する。

見とれてしまうほど美しい笑顔を見せるキャロに対して、精霊王の額には青筋が浮かんでいた。

「だったら、これだ！」

弾かれた剣を精霊王は手放して、盾だけでアタルが放った弾丸を受け止める。

他の弾丸のようにはいかず、スピリットバレットは盾に命中したまま押し込んでいく。

「ぐ、ぐおおおお」

（こ、これは剣を手放したのは正解だったな。両手でもなければ耐《た》えられん）

全力をもって防いでいるため、徐々《じょじょ》に弾丸の威力を抑《おさ》え込めている。

「終わりだ」

「なっ⁉」

精霊王《せいれい》が攻撃を受け止めようとしている間に、アタルは彼の後ろに回ってハンドガンを頭に突《つ》きつけていた。

先に放ったスピリットバレットはこの状況では必要ないと判断して、消去している。

「……あ……あぁ、参った」

精霊王は盾を降ろして両手をあげ、ここで負けを認める。

三人を相手取れると思っていただけに、あっという間に決着がついたことで精霊王の頬《ほお》を冷たい汗《あせ》がつたう。

（あのまま戦っていたら、彼らが本気を出していたら、最後が真似《まね》じゃなく本当に攻撃されていたら……）

そう考えると精霊王も肝《きも》が冷える。

「ふう、なんとか勝ててよかったな」

「ですっ、精霊王さんが最初から本気で攻撃に回っていたらこうもうまくいかなかったと思いますっ」

はたから見たらアタルたちの一方的な戦いだったようにも見える。

しかし、アタルとキャロ、そしてイフリアは精霊王が持っている本来の力を感じ取っており、楽観視はしていなかった。

「あの戦いでそう考えられるというのは、これまでかなりの修羅場《しゅらば》を潜《くぐ》り抜けて来たということか……。霊王銀が必要になるほどならば、それくらいなのも当然、か」

精霊王はアタルたちの反応を見て、彼らが背負っているものの大きさを感じている。

「さて、俺《おれ》たちが三戦三勝したわけだが、約束は覚えているか？」

「もちろんだ、もう一つ要求があるということだったな。なにか欲《ほ》しいものが他にもあるのか？　それともなにか……」

といっても、精霊王に思いつくなにかがないため、彼は腕《うで》を組んで首を傾《かし》げている。

「俺たちには外の世界で戦っている勢力が二つある。一つはラーギルという魔族《まぞく》を中心とした勢力だ」

「ほう、魔族か。それはなかなか強敵だ。あいつらは魔力が高く、個々の能力が高い」

精霊王は魔族と戦ったことがあるのか、彼らの特性について話していく。

「あぁ、魔族はラーギル一人なんだが、宝石竜《りゅう》を引き連れている」

「宝石竜だと!?」

まさかの相手に精霊王は思わず大きな声を出してしまう。

「それと、封印《ふういん》された邪神《じゃしん》の欠片《かけら》を一つ持っている」

「邪神!?」

アタルが次々に衝撃《しょうげき》の情報をだしてくるため、精霊王は驚くだけで疲労《ひろう》していく。

「それから、もう一つの勢力は邪神の眷属《けんぞく》たちだ」

「邪神の眷属……？」

およそただの人間が戦う相手とは思えないため、理解することを頭が拒否《きょひ》し始めた精霊王は言葉を失ってしまう。

「そいつらと戦うために俺たちも自らを強くしていったり、武器を揃《そろ》えたりしている。人的戦力もな」

ここまで言ったところで、精霊王もアタルがなにを望んでいるのか理解し始めた。

「つまり、我々にも？」

「よくわかっているじゃないか」

気まずそうな表情の精霊王に対して、アタルはニコリと笑っている。

「約束したから私は仕方ないが、他の者たちは各自の判断に任せるのでいいな？」

彼らのトップとして君臨している精霊王ではあるが、それは率いているというよりは、なにかがあった時のまとめ役くらいの立ち位置である。

だから、精霊たちに対して命令という形はとりたくない。

「あぁ、構わないさ」

返事をするとアタルは精霊たちを見回す。

「さて、精霊諸君。一般的《いっぱんてき》な精霊、大精霊、それ以外に特殊《とくしゅ》な精霊。そして、こちらには精霊王がいるわけだが、みんな俺たちに負けた」

アタルの言葉に精霊たちはムッとする。

事実だとはいえ、負けたことを何度も蒸《む》し返されるのは気持ちのいいものではない。

だが、アタルの表情は真剣《しんけん》であり煽《あお》ろうという意図は感じられなかった。

「俺たちは様々な戦いを潜り抜けてきたから、先手必勝でどんどん攻撃《こうげき》をしていくというのが有効だというのは理解している。だから、今回も力を出し切らせる前に攻撃をして俺たちが勝ったというだけだ。みんなも戦い方を知ればもっともっと強くなれるはずだ」

まさかの精霊たちを持ち上げる発言に彼らはざわつき始める。

「持っている力はかなりのものだと思っている。大精霊にしても、俺たちが圧倒《あっとう》したように見えるが、奥の手《おくのて》を最初から使わなければ勝てなかった」

そう言いながら、アタルは玄武の力を目に宿し、キャロは獣力を剣《けん》に宿して見せる。

「あの力だ！」

「あれで俺たちはやられたんだ！」

「わかっていればもっと気をつけたのに……」

大精霊たちは二人の特別な力を見て、ワイワイと騒いでいく。

「まあ、そういうことだな。知っていれば対処はできたはずだし、あそこまで一方的な戦い方にならなかったはずだ」

その言葉に、精霊たちは頷いている。

自分たちがあれほど一方的にやられたのはおかしいと感じていたため、その理由がわかったことに納得《なっとく》していた。

「加えて言えば、ここでは基本的に大きな争いはないと予想している」

『そうだな、ここでは小さなケンカ程度はあっても、戦いというようなレベルの争いが起こることはない』

イフリアがここでの生活における争いについて話す。

「つまり、戦いの経験が少なく、戦いのやり方を知らないってことだな。相手がなにを嫌《いや》がるのか、自分はなにが得意なのか、仲間と協力できているのかなどなど、色々と気をつけられることはある」

そう言われて、ただ攻撃魔法《こうげきまほう》を使っていただけのことに気づく精霊たち。

「戦い方は学ぶことができる。そして、学べば魔力の高い精霊なら確実に強くなれるさ」

アタルは断言する。

元々魔法が得意であり、魔力量も、出力も高い精霊たちは強いはずである、と。

ただ人よりも長い時を生きる彼らは人間たちとホイホイ契約《けいやく》するわけではない。

精霊は気まぐれで気難しいと言われ、相性《あいしょう》があると言われている。

「だから、俺たちと一緒《いっしょ》に戦ってくれるのであれば、心強いと思っている」

だが味方に付けばこれほど心強い存在はないと語るアタルの言葉は、お世辞ではなく本音の言葉だった。

冒険者《ぼうけんしゃ》や騎士《きし》には魔法が得意ではない者も少なくない。

そこに精霊たちが加わることで、弱点を補うことができると思っていた。

「だから、できる範囲《はんい》でいい。俺たちとともに邪神たちと戦ってほしい」

(これが響《ひび》かなければ、そこまでだな……)

静まり返ってしまったことで、これは脈がないだろうとアタルは諦《あきら》めている。

「「いいよ」」

「ボクたちニンゲンには興味ないけど、アタルたちが言うならちょっとだけお手伝いしてあげる」

「そうそう、アタルたちは強いし面白いから協力してあげる」

「――――えっ?」

アタルはもう脈なしだと思っていただけに、精霊たちがふわふわ飛びまわりながら、次々と同意してくれていることに驚いて固まっていた。

「はっはっは、気まぐれな精霊たちもお前たちにならと乗り気になったようだ。約束どおり、我々は邪神や魔族との戦いに参加しよう。これを使えばいつでも私と連絡《れんらく》がつく」

そう言って渡《わた》してくれたのは腕輪《うでわ》だった。

そして、同じ腕輪を精霊王が身に着けているのを見せてくる。

「これは魔力をこめて、話したい相手を思《おも》い浮かべるとやりとりができる特別なアイテムだ。声をかけてくれれば私たちもすぐに動く」

精霊たちの反応を見た精霊王も今となっては乗り気であり、アタルたちの力になろうと覚悟《かくご》を決めていた。

「さて、それじゃあ約束の霊王銀を運び出すとするか、みんな手伝ってくれ」

精霊王の呼びかけに精霊たちが応え、精霊樹の中へと入って次々に霊王銀を運び出してくれる。

手伝った精霊の数が相当数であったため、運び出しの作業はあっという間に終わった。

「あぁ、これで全部だな。持って行っていいぞ」

「「…………」」

『…………』

機嫌《きげん》よく精霊王がニカッと笑って言うが、アタルたちは声がでずに呆然としている。

「ん？　どうかしたか？」

無反応の彼らに精霊王が首を傾げるが、アタルはげんなりした表情になる。

「いやいや、どうかしたか？　じゃないだろ。この量はなんなんだ」

「少ないか？　申し訳ないが、これ以上の量は……」

「違う、多すぎるんだ！」

それはアタルたちが想定していた以上の量で、あっという間に霊王銀の山が作られた。

山の高さはおよそ五メートルを超えている。

「あぁ、それはそうだろ。これまで誰《だれ》も使うことのなかった金属を全て持ってきたらこれくらいにはなる」

なにを当たり前のことを言っているんだと、精霊王は呆《あき》れながら肩《かた》をすくめている。

「そう、なのか」

「そう、なんですねっ……」

『仕方ない、か』

アタルたちはとりあえずマジックバッグへと霊王銀を詰め込めるだけ詰め込んでいく。

「さすがに持ってきすぎだ、これ以上入らないぞ」

「そうなのか？　ならば元の場所に保管しておこう」

「そうしてくれ、いくら何でもこれだけでマジックバッグをいっぱいにされるのはかなわないからな」

「わかった、もし足りなくなったらまたくればいいだけだ」

所有権はあくまでもアタルたちにあり、足りなくなれば再びここから持ちだせばいいというのが精霊王の考えである。

『そうはいえども、またここに来るにはかなりの時間がかかってしまうな……』

霊王銀がアタルたちのものであるというのはありがたいが、ここに取りにくる面倒《めんどう》さをイフリアは感じていた。

「ん？　イフリア……お前どこから戻《もど》って来たんだ？」

精霊王は彼の言葉からなにか違和感《いわかん》を覚えたらしく、そんな質問をする。

『我《われ》がずっと根城にしていた山の山頂のゲートを通って来たぞ』

イフリアは素直《すなお》に質問に答えていく。

「なるほど、それでもともといた場所から山まではどれくらいかかったんだ？」

イフリアの回答を受けて、精霊王は次の質問を投げかけた。

『数週間といったところか』

それを聞いた精霊王は腕を組んで考《かんが》え込む。

「ふーむ……それはさすがに遠すぎるんじゃないか？」

『い、いや、我が開けるゲートはそこにしかないから、仕方ないのかと……』

返答しているうちにもしかしたら自分が間違っているのか？　とイフリアは疑問を抱《かか》えながら話していた。

「イフリア、ゲートは世界各地の様々な場所にあって、精霊であればどこでもとは言わないが、相性のいい場所であれば開くことができるというのを知らないのか？」

イフリアの回答が予想の斜《なな》め上だったらしく、精霊王は怒《おこ》り気味に問いかける。

『えっ？　てっきり相性のいいゲートは一精霊に対して一か所しかないものだと……』

そう思っていたからこそ、他のゲートを開けようという挑戦《ちょうせん》すらしなかった。

「……ちょっと待ってくれ。ということは、もしかしたら東のヤマトの国とか、聖王国リベルテリアに近いゲートもあるということなのか？」

アタルが少し驚いた様子で尋《たず》ねる。

「ああ、それらの国の名前は聞いたことがあるな。どちらもかなり昔からある国ゆえに、リベルテリアのほうは近くにゲートがあったと思うぞ。確かあれは火属性か風属性の精霊だったら簡単に開けるはずだ」

それを聞いたイフリアは気まずさからキョロキョロと目を泳がせる。

呆れた眼差《まなざ》しのアタルは目を細めてイフリアを見て、キャロはイフリアの気まずさを察してどうしたものかと困っている。

「あー……とにかくそこへのゲートを通って行けば、帰り道は楽だろう。目的の場所にすぐに到着《とうちゃく》することができるからな。それに再度霊王銀を取りに来るのも楽になるはずだ」

これによって先ほどイフリアが危惧《きぐ》していた問題は解決できると、精霊王は語っていく。

「確かにな、そんなに近くに繋《つな》がっているなら、仲間のもとにもすぐに行けるはずだ」

アタルは視線をもとに戻して、時間短縮できることの重要性に目を向ける。

「イ、イフリアさん、大丈夫《だいじょうぶ》ですよ！　空の旅は楽しかったですしっ！」

キャロがなんとかフォローしようとするが、焼け石に水。

「さて、帰り道は私がそのリベルテリアの近くに通じるゲートを開こう」

そう言うと、精霊王は両手を広げて、イフリアが開いた時と同じようにあちら側へと繋がるゲートを開いてくれた。

「さて、戻るとしよう。イフリア頼《たの》むぞ」

『承知した。それではみんな、また会おう』

「みなさん、ありがとうございましたっ！」

こうしてアタルたちは霊王銀を手に入れて、精霊たちに別れを告げて、あちらへと戻って行った。

「…………しかし、邪神や魔族と戦うとなると、我々も本気でやらねばならないようだな……みんな、戦闘に向けて訓練するぞ！」

「「「はーいっ！」」」

力強い精霊王の言葉に、遊びに行くかのように元気よく精霊たちが反応する。

しかし、精霊王の表情はかなり厳しいものとなっていた。

(今回はアタルたちに殺すつもりがなかったから全員無事だった。しかし、邪神となればこの中のどれだけが生き残れるのか……)

アタルとの約束だから力を貸すことにした。

もちろん、邪神たちがあちらの世界で覇権《はけん》をとってしまった場合、精霊郷や妖精《ようせい》の国のような別次元へと攻め込んでくる可能性が高い。

それゆえ、必要な戦いだとは思っていたが、同時に死地に向かわせるかもしれないというのは心苦しいと思っている。

だから、少しでも生き残れる可能性を高めようと覚悟を決めていた。

第四話　刀鍛冶《かたなかじ》を求めて

「さて、まずはヤマブキ殿《どの》がどこに向かったのか、なにか知っていることはあるか？」

ツルギの家の居間で、緑茶を飲みながらサヤ、ツルギの父親であるヤマブキの行き先についてサエモンが質問する。

「ある日、急にこの手紙を残していなくなってしまったため、なにも……」

サヤは悲しそうな表情で戸棚《とだな》に向かい、少しよれた手紙を持って来た。

「見せてもらってもいいか？」

サヤは小さく頷くと、それをサエモンへとそっと渡す。

それを開いていき、サエモンが確認していくと、リリアも興味津々《きょうみしんしん》な様子で後ろから覗《のぞ》き込む。

『ツルギ、サヤへ

突然《とつぜん》こんな手紙で別れを告げることになって申し訳ない。私は竜隕鉄《りゅういんてつ》を手に入れてから強力な刀を作るという職人としての想《おも》いが強くなってしまった。それを叶えるためには、同等の金属がどうしても必要となってしまう。しかしどれだけ探せども、現在のヤマトではそれを手に入れることは叶わないというのが現実だ。そこで私は強力な金属を手に入れるために他国へと向かうことを決めた。自分勝手な父を許してくれとは言わない。だが、願わくは二人で工房《こうぼう》を盛り立ててくれればと思う。

ヤマブキ』

これが手紙の全文である。

ところどころ紙にシミや皺《しわ》があるのは、読み手である二人のいずれかが感情をこらえながら涙《なみだ》をこぼしてしまったためだと予想がつく。

「――確かにこれだけではどこに向かったのかはわからんな」

「う――ん、となると竜隕鉄と同等の金属の情報がこの街で聞けないかだね。どこかの国ですごい金属があるぞ、とか。あっちの国でそんな噂《うわさ》があるぞ、とか」

そんな情報を聞いたことがない？　とリリアが兄妹《きょうだい》に視線で質問する。

「すみません。父がいた頃《ころ》は、ただ刀を打つことだけしか考えておらず、いなくなってからは情けなくも酒に溺《おぼ》れてしまったので……」

ツルギはなんであんな無駄《むだ》な時間を過ごしてしまったのかと、肩を落としている。

「私は金属のことや仕事のことは詳《くわ》しくはわからなくて、だから父がどんな情報を持っていたかも、街でどんな噂があったかも知らないんです……」

続いてサヤも兄と同様に、自分が何も知らないことに落ち込んで下を向いてしまう。

「なるほど……となるとアレしかないか」

「そうだねえ」

『ガウ！』

三人は意識を一つにしており、立ち上がって部屋を出て行こうとする。

「ど、どうするおつもりですか？」

まさかこのまま見捨てられてしまうのかと、ツルギも慌てて立ち上がっていた。

「もちろん」

「情報集めだよ！」

サエモンは酒を飲むかのような動きをして、人が集まる酒場へと向かうということを示していた。

今回彼《かれ》らがツルギにたどり着いたのも、酒場で情報を集めたがゆえである。

「といったものの、なかなかそう簡単には情報が集まらないものだな」

「だねえ、私たちじゃアタルたちのようにうまくはいかないなあ」

アタルがあっさりとツルギへたどり着いたように、自分たちもすぐに珍《めずら》しい金属の情報へと行きつくと二人は思っていた。

しかし、誰に聞いても首を横に振《ふ》るだけで情報が集まることはない。

「店員さんも協力してくれたんだけどねえ……」

昨日と同じ店にやってきているため、昨晩金をたくさん使ってくれたお礼ということで店員たちはサエモンたちが必要とする情報集めを手伝ってくれていた。

「父が旅立ったのが一年も前の話ですから……」

サエモンたちにだけ任せては申し訳ないとサヤも同行していたが、必要な情報がかなり昔のことであるため、もう難しいだろうと諦めかけている。

「思っていたより金属の情報は見つからないものだなあ」

ヤマトの国で生まれ育ったサエモンだったが、その人生においていろんな知識を身に付けてはきたが、金属について細かく調べることはなかった。

「ヤマトの国には鉱山はなかったはずだしなあ」

困ったようにサエモンは唸《うな》りながら頭を掻《か》く。

ヤマトの国の全体像は元将軍だけあって、頭に叩《たた》き込《こ》まれている。

だが金属が主に出てくる鉱山など聞いたことがなかった。

「そうなんだ……あれ？　じゃあ、竜隕鉄っていう金属はどこからとってきたの？」

鉱山がないというのに、希少な金属はあるというのはおかしいんじゃないかとリリアは首を傾げている。

「あれは何年も前にここから北の山に空からなにかが飛来してきて、そこを調べにいったらあの金属があったという話らしくて……。職人たちがこぞって持ち帰った正体不明の金属がとてつもない力を持っていることは、どの職人も共通認識《にんしき》を持っていました」

そうサヤが説明してくれる。

そのうちの欠片をヤマブキも手に入れていた。

「へー、すごいねえ。にしても、金属の情報はこれで止まっちゃったなあ」

感心したように話に耳を傾《かたむ》けていたリリアだったが、どうしようかと息を吐《は》きながら頭の後ろで手を組んでいる。

特別な金属をたどって行けば、ヤマブキへと行きつくかもしれないと思っていたが、それも難しい。

これ以上は情報がないと困っていると、遅《おく》れてツルギがやってきた。

「はあ、はあ、サエモンさん……！」

息が乱れるほどに急いで走って戻ってきた様子である。

「そんなに急いでどうしたんだ？　まずは少し呼吸を落ち着かせよう」

息が落ち着くまで待っていたサエモンの質問に、目を輝《かがや》かせたツルギは頷く。

「はあ、ふう、サエモンさん！　父の行く先について情報を得ることができたんです！」

まさかの返答に、サエモンたちは目を丸くしている。

「オレはみなさんとは別の方向から情報を集めようと、父の友人たちに話を聞きに行っていたのですが……その中で行く先について話を聞いていた方がいたんです」

ツルギは少しでも役に立とうと、サエモンたちとは別のアプローチで情報を集めていた。

「その友人の話だと、父はヤマトの国を出て、まずは北の聖王国リベルテリアに向かったということでした。そこから先はもちろんわからないのですが、一つのとっかかりとしては前進したのではないか、と……」

その説明を聞いたリリアはげんなりとした表情になっている。

「また、あの、砂漠《さばく》を……」

『くぅーん……』

あまり良い思い出がないリリアとバルキアスは、二人そろってやる気がなくなっている。

「あ、あの、なにか問題でもあるのでしょうか？」

戸惑《とまど》うサヤがガックリと項垂《うなだ》れている二人を見て、思わず質問してしまう。

「サエモン、あなたが私たちを助けてくれた時のこと覚えてる？　砂漠を馬車で全力疾走《しっそう》して来た時のことだけど」

彼女《かのじょ》の質問に答えるために、浮《う》かない表情のリリアはまずサエモンに質問する。

「あ、あぁ。かなりの魔物《まもの》を引き連れていたから私も驚《おどろ》いたが……どうかしたのか？」

サエモンが助力することで、あの場所は問題なく切り抜けることができたはずだった。

「あの時、私たちは聖王国リベルテリアからヤマトの国に向かっていたんだけど、私の操縦でこう、強引《ごういん》にガーっと斜めに砂漠を移動しちゃったんだよね」

それを聞いて、どうしてあの状況《じょうきょう》に陥《おちい》ったのかサエモンは得心がいく。

「あぁ、それで移動しながら次々に砂漠の魔物を呼び起こしてしまったということか」

そんなことをすれば、ああなっても仕方ないとサエモンは目を細めている。

「うぅ、そうなんだよね……。斜めに移動したら移動距離《きょり》が短くていいと思ったんだけど、あんな目にあっちゃったからちょっと……」

思い出すだけでリリアは身震《みぶる》いをしてしまう。

「あと、魔吸砂《まきゅうさ》の砂漠だから、バルキアスたちは魔力《まりょく》を吸収されて本来の力が出せなくなっちゃうんだよ」

『がう……』

説明しながら元気のないバルキアスの頭をやさしくなでるリリア。

「なるほど、そういうものか……」

サエモンはバルキアスのような辛さを味わったことはなく、砂漠の中央にある湖の街を経由していけばいいと考えている。また魔物との遭遇《そうぐう》に関しても不安は持っていない。

「それなら俺たちに任せてくれ！」

そこに話を聞いていた周囲の客たちが声をかけてくる。

「俺はこのあたりの職人のまとめ役をやっているタイクというものだ。あんたたちが抱えている問題を解決する手段を持っているぞ！　だから、あんたたちの馬車の改造を手掛《てが》けさせてくれ！」

タイクは長いあごひげが特徴《とくちょう》の筋肉質でいかにも職人らしき服を着ている。

彼の後ろには何人もの職人が渋《しぶ》い笑顔《えがお》で並んでいた。

「そ、それはありがたいことだが……なんでだ？」

急な申し出であるため、サエモンも少々戸惑っていた。

「今日はあんたたちが聞いていた金属の情報を話すことができないし、昨日も酒をおごってもらったのに情報を出せなかった。だから、なにかで力になってやりたいんだ」

タイクは照れ臭《くさ》そうにそんなことを言う。

彼の頬が赤くなっているのは、恐《おそ》らく酒のせいだけではない。

「わかった、その申し出、受けさせてもらいたい」

「おぉ、任せておけ！　今日はみんな酒が入っているから難しいが、明日の昼過ぎから早《さっ》速《そく》作業に取りかからせてもらう。どこに行けばいい？」

タイクは明日には作業に入るつもりであり、確認《かくにん》をとってくる。

「それでは、ツルギの工房近くに馬車を移動させておくので、そこから更《さら》に移動するなり、そこで作業するなり、判断してくれると助かる」

「承知した」

そこからは宴《うたげ》へとシフトしていき、全員が夜遅《よるおそ》くまで盛り上がることとなった。

翌日の昼過ぎ。

「おら、さっさと作業に取りかかるぞ！」

「おおっ！　立派な馬車だなあ！」

タイクが職人たちに発破をかけて仕事に入らせていく。

職人たちにはすでに話が通っているようで、誰も文句を言うことなくむしろアタルたちの馬車の改造に取り組んでいく。

今回の改造では、魔吸砂の砂漠であること、そして魔物が大量に潜《ひそ》んでいる砂漠であることに対する処置が行われる。

「あの魔吸砂ってのは魔力が吸われるってんでなかなか厄介《やっかい》なものなんだが、俺らの技術でちょいと特殊加工したミスリルのプレートを敷《し》くだけで効果を遮断《しゃだん》できるんだよ。さらに、馬車であれば幌《ほろ》をミスリルの布で覆《おお》えば横からの効果も軽減できるってわけだ」

その説明にサエモンたちは感心している。

「すごいものだ。よくそんなことを……」

この技術はサエモンも知らないものであり、それがこのヤマトの国にあることに感動を覚え、同時に自分の情報不足を恥《は》じてしまう。

「へー、それならバルキアスもイフリアも安心だね……ってことは、その加工をしたミスリルの装備をつければ砂漠でも戦えるのかも？」

これはリリアが思いついたことをポロっと言っただけである。

「嬢《じょう》ちゃん……」

するとタイクがリリアに近寄ってくる。

「な、なに？　なんか変なこと言っちゃった？」

その様子が不穏《ふおん》だったため、リリアは少し後ずさってしまう。

「それはいいアイデアだ！　俺たちはそもそも砂漠で戦うという発想を持っていなかったから、装備をこのミスリル系で整えるなどということは考えていなかった。早速どういう装備が最も適しているか話し合おう！」

と言って、タイクがどこかへ行こうとする。

「ちょ、ちょっと待ってよ！　私の言葉がきっかけになって新しい装備を作るのはいいけど、まずは馬車でしょ！　ばーしゃ！」

他の作業に入るのは馬車の改造を全て終えてからだ、とリリアが厳しい表情で注意する。

「い、いや、少しくらいは……」

「だーめっ！」

出ていこうとするタイクをリリアは許さず、強引に作業へと戻らせていった。

「ま、まあまあ、それで魔物が大量にいる問題についてはどう対処するんだ？」

サエモンは話題を変えることで、相手の意識を変えさせる。

「あぁ、そうだったな。そっちに関しては魔物避《まものよ》けの魔道具《まどうぐ》があるんだ。こいつだ」

そう言ってタイクが取り出したのは、手のひらにのるサイズの球のようなものだった。

「砂漠の魔物は音に敏感《びんかん》で、音が聞こえてくると獲物《えもの》と判断して襲《おそ》いかかってくる。だから音を出さなければいい……と考えたこともあるんだが、移動する上で音を完全になくすというのはどうにも難しくてな」

そう言いながら、タイクはニヤリと笑う。

「で、つまりその魔道具はいったいどんな効果があるんだ？」

サエモンが結論を急がせる。

あの砂漠において魔物を避《さ》けることができるというのは、安全性の確保という面ではかなり重要であるため、早くその方法を聞きたかった。

「まあ、そう急ぐな……ほれ、なにか聞こえるか？」

タイクは魔道具を起動させると、サエモンとリリアに確認をしてくる。

「「……？」」

特になにも聞こえないため、二人は首を傾げていた。

『……ガウ』

バルキアスには少し聞こえているらしく反応するが不快ではないため、声を出すにとどめている。

「おう、そっちの犬には聞こえるようだな。普通《ふつう》の人間には聞こえないレベルの音を出していてな。それが砂漠の魔物にとっては不快らしく、音の発生源から遠ざかるんだ」

ここには魔物がいないため、すぐに確認をすることはできないが、彼らは何度もテストを重ねている。

それゆえに、この魔道具に自信を持っていた。

「なるほど、音を消すのではなく反対に音で魔物を制するのか……これはすごいな！」

この魔道具を持っていれば誰でもあの砂漠を安全に移動することができることにサエモンは感心している。

「だろ！　そうなんだよ、そうなんだがな……」

しかし、徐々《じょじょ》にタイクの声が小さくなっていく。

「なにか問題が？」

こんなに画期的なものであるなら、広めていっていいのではないかと、これがこの地域を変える大きな一手になるのではとサエモンは期待が膨《ふく》らんでいる。

「うまくできたのは三つだけでな。これはそのうちの一つなんだ。音域の調節が難しくてなかなか成功しないんだよ。テストをするのも命がけになるしな」

「ちなみに、何個作って三つなの？」

リリアの質問にタイクは指を五本立てる。

「五つ？　だったらかなりの成功率なんじゃない？」

とリリアが軽い調子で言うが、タイクは首を大きく横に振る。

「五百だ………」

「ごひゃっ！」

思っていた以上の数値にリリアは驚いてしまう。

「あぁ、五百個作って三つ成功だ。魔道具を作るとなると、試作にかなり金がかかる。テストには命がかかる。そして、この成功率だと商品化が見込《みこ》めないから、作れば作るほどに赤字になってしまうってわけだ」

この段階になるとタイクは苦々しい表情になっていた。

「なるほど、国に援助《えんじょ》などは頼めないのか？」

こんな話は将軍時代に聞いたことがなかったため、思わずそんな質問をしてしまう。

「国？　ダメダメ、国の金っていうのはもっと確実で大事なものに使われていくんだ。しかも、こんな地方の小さな街の一職人の訴《うった》えなんて聞いてくれるわけがないだろ？」

タイクは諦めのこもった表情でそんなことを元将軍に向かって言い放った。

「い、いやいや、将軍ならきっと話を聞いてくれるんじゃないか？　前の将軍も今の将軍にしても、お前たちのことを無下にせずきちんと耳を傾けてくれるのではないか、と」

自分とマサムネであれば、このような素晴《すば》らしい発明に耳を貸さないなどということはないはずだ、とサエモンは思っていただけに、タイクの発言には愕然《がくぜん》とさせられた。

「将軍様……お前はなにを言ってるんだ？　将軍様のところまで俺《おれ》たちの話が届くわけがないだろ。国で一番偉《えら》い人になんてこんな端《はし》っこの村の者が気軽に会えるわけもないし、少し上の人にこんな話をしに行ったところで効率が悪すぎて、もっと早い段階で握《にぎ》りつぶされるさ」

そのような経験を実際にしてきたのであろうタイクの口調はあっけらかんとしているが、諦観《ていかん》しているのが伝わってくる。

「そんなことが……」

良い国だと思っていたが、下に来るとこんな問題を抱えている。

一人のサムライとして活動しているからこそ知ることができた事実だった。

「いつか……いつか、この技術が認められて、大きく研究ができるようになることを願っている」

ヤマトの国を守ってきたサエモンだからこそ、こんな状況が放置されていたことにショックを受けていたが、それでもきちんと認められてほしいと思っている。

これはサエモンによる祈《いの》りであるとともに、国を変えなければならないという強い決意でもあった。

そんなやりとりはあったが、その間にも作業は進んでいき、魔吸砂用の改造は数時間で完成した。

「へー、色々やってたみたいだけど、見た目はあんまり変わってないんだね」

リリアが馬車を見て回るが、作業量に比べて、見た目は元の状態と大きく変化していない。

「あぁ、あんたらの馬車は砂漠の移動用に改造はされていたし、元々魔道具入りの馬車だったからな、作業が楽だったよ。まず厚いミスリルの板ってやつは、それに合わせてやや薄《うす》めのミスリルの板二枚で底の部分を上と下から挟《はさ》むような形にしてみたんだ。そうすることで、元々予定していたものよりも軽くなっている」

重量は馬車において重要な要素であり、それを軽減できたことは改造の大きなポイントだった。

「しかも幌の部分も薄《うす》いミスリルの布で覆っているが、こっちもちょっと見た程度じゃわからないはずだ」

これによってバルキアスが魔力を吸われて元気がなくなることも軽減できる。

「あとは、例の魔道具がどこにあるかだが……ここにある」

タイクが移動しながら教えてくれた場所は御者台《ぎょしゃだい》と馬車の連結部分近くだった。

「ここなら、御者側《ぎょしゃ》でも馬車側からでも起動できるだろうよ。初級魔法《まほう》くらいの魔力を流して一度発動させれば、半日くらいは持つはずだ。切れる前に魔力を充填《じゅうてん》すれば問題なく効果は続くさ」

これであの砂漠を突破《とっぱ》する方法が用意できたことになる。

「色々と助かった。それで料金はどれくらいになるんだ？」

酒場で飲食代をおごったとはいえ、その金額はたかがしれている。

だから、職人たちに対して作業料金と材料費を支払《しはら》うべきだとサエモンは思っていた。

「うんうん、すんごいよくしてもらったもんね！」

リリアも同様の考えを持っている。

「あぁ、いいんだ。あんたらの馬車は興味深いところがいっぱいあって楽しくやらせてもらったし、俺たちから勝手に言い出したことだ。魔道具は完成したとはいえ使い道がなかったやつだし、ミスリルの板なんかも余っていたやつを持ってきただけだからな」

スカッとするくらいの笑顔を見せたタイクの言葉に他の職人たちも頷《うなず》いている。

「たとえ材料費はそうだったとしても、プロの職人たちにこれだけの作業をさせておいて無料というわけにもいかないだろう、言い値で払《はら》える手持ちはある故、遠慮《えんりょ》はいらぬ」

サエモンのこの言葉にもタイクたちは首を横に振った。

「いらない。遠慮なんかしてねえから気を使うことなんかないさ。今日は全員仕事が休みだったし、こういうのは俺らの趣味《しゅみ》みたいなもんよ」

「しかし……」

納得《なっとく》がいかないサエモンが食い下がろうとしたが、その肩にリリアが手を置いた。

「みんなこう言ってくれてるんだから、もういいんじゃないかな！　あんまり断るのも悪いと思うよ。きっとなにか理由があってこうしてくれているんだろうし……」

そういってなだめるリリアは、タイクたちがなにかを隠《かく》していることに気づいていた。だから、彼らの提案をそのままのむことをサエモンに提案する。

「そ、そうか？　まあ、そういうことなら……」

困惑《こんわく》しつつもサエモンも渋々《しぶしぶ》納得して引き下がる。

「そんじゃ一仕事終えたし、俺たちは帰って飲み明すぞー！　それじゃあな、色々頑張《がんば》れよ！」

バシッとサエモンの背中を鼓舞《こぶ》するように叩いたタイクたちは仲間を引き連れてさっさ

と帰ってしまう。

「…………一体なんだったんだ？」

工房に取り残されたサエモンはまるで嵐《あらし》が過ぎ去ったかのような感覚に陥っていた。

（あの人、多分サエモンが将軍だったことわかってたよね。だから、わざと将軍をけなすようなことを言ってばれないようにしてた……んだと思う）

少し離《はな》れたところで見ていたリリアはタイクたちの変化に気づいていた。

彼の色々頑張れという言葉には、サエモンたちが成そうとしていることに対してだけでなく、国をなんとかしてくれという想いも込められていたのだと感じていた。

しかし、そのことをわざわざ説明して、彼らの想いを無下にすることもない。

そう切り替《か》えたリリアは質問を口にする。

「――それで、どうするの？」

「どうする、とは？」

漠然《ばくぜん》とした問いかけにサエモンは質問で返してしまう。

「いや、リベルテリアに行くのは別にいいんだけど、着いたところでどうするの？　私たち、ツルギとサヤのお父さんのこと名前しか知らないよ？　顔も見たことないし」

仮に、あの国にヤマブキがとどまっていたとして、顔を見ても判断することができない。

名前を確認してそうだと言われても、確証を持つことはできない。

「オレも同行させて下さい」

これはツルギからの申し出だった。

「それは構わないが、いいのか？」

父親だけでなく兄までいなくなってしまう状況に引っかかりを覚えたサエモンはチラリと妹のサヤに視線を送る。

「あ、大丈夫ですよ！　私はこの街でお仕事をしているので残ります。工房の掃除《そうじ》とかは毎日やっておくから、なんとしてでもお父さんを探してきてね！」

妹は自分がここを守るから、兄には父親探しに専念してほしいと笑顔で想いを伝える。

「あぁ、わかったよ。必ず連れ帰って、一緒《いっしょ》にサエモンさんの刀をうつよ！」

そんな強い決意を口にして、ツルギの同行が決まった。

そこから出発すれば早い。

元々砂漠を移動するのに特化した装甲《そうこう》を施《ほどこ》していた馬車は、一気に砂漠を全力で突《つ》っ切って進むことができるため、あっという間にリベルテリアに到着したのだった——。

第五話　聖王国リベルテリア再訪

城塞《じようさい》都市である聖王国リベルテリアにつくと騎士《きし》像はなくなっていたが、復興がかなり進んでおり、ほとんど元の状態に戻っている。

リリアたちが入国手続きを済ませて中に入ると、復興工事によって以前よりも街道《かいどう》はきれいなものになっていた。

少し遠くに見える立派な教会についてはまだ修復途中《とちゆう》のようで、作業員たちがせわしなく作業をしている。

「さて、リベルテリアに到着したわけだがどうやって情報を集めていく？」

サエモンはヤマトの国を出たのは初めてであるため、どう動いていけばいいのか勝手がわからない。

ツルギに関しては緊張《きんちよう》と興奮で言葉が出ないようで、あちこちに目を向けて完全におのぼりさん状態だ。

「うーん、やること自体はヤマトの国と大きく変わらないと思うよ。やっぱり酒場みたいな人が集まっている場所で話を聞くのがいいんじゃないかなー？」

リリアは少し前に来た国であるため、懐《なつ》かしさを覚えながら話をしている。

あれだけの戦いがあったとは思えないほど街は穏《おだ》やかさを取り戻《もど》していることに、安堵《あんど》もしていた。

「なるほど……では、同じように酒場に行くということでいいのか？」

顎《あご》に手をやったサエモンが確認するが、リリアはキョロキョロしている。

「ん、どうかしたか？」

明らかに様子のおかしい彼女に、サエモンは首をかしげて怪訝《けげん》な表情になる。

「えっ？　う、ううん、別になんでもないよ！」

そう答えるものの、リリアは落ち着かなさそうにしている。

「そうだ！　私とバルキアスは知り合いに声をかけてくるから、サエモンたちは酒場に行って情報集めててもらえるかな？　集合は……どうしよう」

『お城！』

ここまで黙《だま》っていたバルキアスが発言する。

「城？　いや、さすがに王族がいるわけでもあるまいし……」

ヤマトの国とは違《ちが》うんだぞ、と少したしなめるようにサエモンが言う。

「それだ！」

だがそんなサエモンに対して、リリアはナイスアイディアだと笑う。

「じゃあお城に集合にしよう！　入り口で私の名前を出せば案内してもらえるようにしておくね。それじゃ、バルキアス行こ！」

それだけ言うと、リリアは馬車からぴょんと飛び降りて、バルキアスとともに走って行ってしまった。

「あ……」

置いて行かれてしまったサエモンは困ったように手を伸《の》ばすが、リリアたちの背中はあっという間に遠ざかって行ってしまう。

馬車の扱《あつか》いに関してはここに来るまでにリリアに教わっていたため問題ないが、まさか見知らぬ土地で放置されるとは思ってもみなかったサエモンは思わずため息を吐く。

「どうする？」

そして、同じく残されたツルギへと質問する。

「どう、と言われましても……リリアさんがおっしゃっていたように酒場に行きます？」

ツルギも緊張している場合ではないとわかっており、冷静さを取り戻しながら、それでいて困ったような顔で質問を返してきた。

「それしかない、か。にしても城に集合という意味がよくわからないんだが、彼女はもしかして王族なのか？」

「そんな風でもなかったように思えますが……」

リベルテリアについて何も知らないサエモンたちの中で疑問は膨らんだままだったが、答えは得られないため、とりあえず二人は酒場を探して街中を馬車で進んで行った。


先に城に向かったリリアは城門を顔パスで抜《ぬ》けて、王の私室へと案内されている。

「王様、リリア様をご案内しました」

案内した騎士がノックとともに声をかけると、返事をする前に扉《とびら》が勢いよく開いた。

「おぉ、これはリリア殿。よく来てくれた。ちょうどいま師匠《ししょう》とハルバとお茶を飲んでいたところだよ」

腕《うで》を広げて嬉《うれ》しそうな笑顔で迎《むか》えてくれるメルクリウスだが、彼の言葉にリリアは全身に力が入って固まってしまう。

（えっ、えええええっ、な、なんでハルバまでいるの⁉）

メルクリウス王に会えば情報が聞けるかもしれないと思って突撃《とつげき》しに来たリリア。

メルクリウスの師匠であり、冒険者《ぼうけんしゃ》ギルドのマスターであるテンダネスはいるかもしれないと思っていたが、まさかハルバまでいるとは思ってもみなかった。

「おぉ、リリア殿。久しぶりだね」

へらりと笑ったテンダネスはひらひらと手を振っている。

「リリア、久しぶりだな」

にかっと笑ったハルバも立ち上がって彼女のもとへとやってきた。

同じ槍《やり》使い同士の戦いは、思い出すだけで今でも彼の心に熱さを呼び起こす。

「あ、あはは、ハルバ、ひさし、ぶりだね……」

自然な流れで軽い握手《あくしゅ》をしたリリアはその手の感触《かんしょく》や久々のハルバという存在を目の前に思わず視線を逸《そ》らし、頬《ほお》を赤くしながら返事をする。

「うん？　どうかしたのか、いつもと様子が違うようだが……」

「う、ううん、だ、大丈夫《だいじょうぶ》だよ！　ヤマトの国からちょっと急いで戻ってきたから、少し疲《つか》れてるだけ！」

パッと手を放してわたわたと取り繕《つくろ》うように、少々苦しい言い訳を口にするが、嘘《うそ》を言っているわけではないと、無理やり言い聞かせる。

「そうなのか？　それより久しぶりだから色々と話を聞きたい。さあ、バルキアスも中に入ってくれ」

ハルバはこの部屋に何度もやってきているため、まるで自分の部屋であるかのように二人を中へと案内していく。

（ほー、これはこれは、もしや？）

（うんうん、彼女はどうやらハルバのことが気になっているみたいだね）

（となると、我々はどうすれば？）

（そうだねえ、温かく見守って余計なことはしないのがいいと思うよ）

（それでいいんですか？）

（うーん、恐らく彼女は自分の恋心《こいごころ》に気づき始めたばかりだから、周りが余計なことをすると頑《かたく》なに否定してしまうかもしれないからね）

（なるほど、承知しました）

この師弟《してい》はちらりと交《か》わした視線だけでこの会話をしている。

しかも、時間にして数秒程度のことであり、ハルバとリリアに違和感《いわかん》を覚えさせない短時間で終わらせていた。

「さあさあ、いい茶葉が入ったからリリア殿《どの》にも飲んでもらおうか」

「美味《おい》しい茶菓子《ちゃがし》も持ってきてあるからどうぞ」

こうして、メルクリウスとテンダネスの二人はお茶会へとさりげなく誘《さそ》うことにして、それ以上は余計なことを言わずに二人を見守ることにする。

「それで、リリアとバルキアスはどうしてこの国に戻って来たんだ？　アタルたちは一緒じゃないのか？」

　本来であれば、これこそが最初に思いつく質問である。

　彼らはパーティであり、一緒に行動していたはずで、あの仲間想《おも》いのアタルが手を放すとは思えず、リリアとバルキアスの二人しかこないことにハルバは疑問を覚えていた。

（まさかケンカ別れなどということはないだろうが……）

　もしかしたら、リリアの様子がおかしい理由がそこにあるのではないかと、本気で心配したハルバは探《さぐ》りをいれていく。

「あー、うんそうだった。アタルとキャロとイフリアはちょっと別行動をしてるの。三人は強力な金属を探しにちょっと普通じゃいけない場所にね……」

「なるほど……」

　そう聞くとハルバも納得できる。

　彼らが相手にする敵を思えば、そんじょそこらの武器や防具やアイテムや金属では物足りないくらいには、高いレベルのものが必要になっていく。

　戦う相手が神クラスとなると、準備しすぎということはない。

「それで、リリア殿とバルキアス殿はどのような目的でここにやってきたんだ？」

アタルたちとは別のなにかのためにリベルテリアにやってきたのだろうと判断したメルクリウスが質問する。

「うん、私たちは刀鍛冶《かたなかじ》を探しにここに来たんだよ」

この回答は想定外であり、質問側の二人はそろって首を傾《かし》げてしまう。

「あれ？　刀鍛冶ってあんまり知らない感じなのかな？」

ヤマトの国では普通にこの言葉を使っていたため、不思議そうな反応をされたことにリリアも首を傾げてしまう。

「なるほど、二人がわからないのも無理はないかな。刀というのはヤマトの国にいるサムライだけが使う武器で、刀鍛冶というのはそれを専門に作る職人のことだね」

ギルドマスターのテンダネスはヤマトの国を知っているため、説明してくれる。

「そうそう、新しく私たちの仲間になったサエモンっているんだけど、その人が刀を使うんだよね。で、あっちでも邪神《じゃしん》と戦ったんだけど今使っている刀はそんなにもたないらしくてね」

その説明に乗っかって、リリアは説明を続けていく。

「そういうことか。それで職人を探す組と、素材を探す組に分かれている、と」

ハルバが説明に納得し、職人を思《おも》い浮かべていく。

「そうそう、それでね、刀鍛冶の人はヤマトの国で一人見つけることができたんだよ。でも、刀を作るのに二人じゃないと難しいらしくて、その人のお父さんを探しているんだ」

ここでやっとリリアの目的が三人へと伝わったことになる。

「……その人物がこの国にいると？」

メルクリウスは心当たりがないと首を傾げている。

「うーん、今もいるかどうかはわからないんだよね。一年前にヤマトの国を出て、ここに来たという情報があったからとりあえずここに来てみたの。で、一緒に来た仲間、さっきいったサエモンと刀鍛冶のツルギが街で情報収集をしてくれているんだ」

さらなる情報を聞いて、三人はなにか情報がないかを思い浮かべている。

しかし、質問は別の角度からやってきた。

「……そういえば」

口を開いたのはハルバ。

「その新しい仲間、サエモンといったか。その人は男性なのか？」

聞きなれない東方の名前であるため、ハルバはこんな確認をしてくる。

「えっ、う、うん……？　男の人だよ。刀を使うサムライで……」

なぜハルバが性別を聞いてきたのかわからないため、リリアは戸惑いながら答えていく。

「――そう、なのか」

それを聞いて、ハルバ自身もなぜこんな質問をしてしまったのかわからずにいる。

だが男だと聞いて胸の奥《おく》がちくりと傷《いた》んだことに気づき、不思議な気持ちになっていた。

(男と二人で、いや刀鍛冶もいるから三人で来たのか)

アタルとリリアが話をしている光景を思い浮かべても何も思うことはないが、サエモンという謎《なぞ》の男性とリリアが一緒にいることを思い浮かべると、なぜかどうにもモヤモヤしてしまう自分がいた。

(師匠、これはハルバも彼女のことを意識しているのではないでしょうか?)

(かもしれないねえ……ハルバはさ、Sランク冒険者で顔も整っているから人気なんだけど、妹のことがあったからこれまで恋愛《れんあい》とかしてこなかったんだよ)

(妹のことが解決して、強い彼《かれ》とまともに戦えるリリア殿に惹《ひ》かれた、と?)

(だと思うよ。他の女の子は、女を武器にして彼に言い寄るだろうけど、彼女はその実力でハルバの隣《となり》にも後ろにも立てるからねえ)

そんなやりとりが視線のみで繰《く》り広げられているとは露《つゆ》知らず、ハルバは初めての気持ちにどうしたものかと頭を掻《か》いている。

「あ、あのね、サエモンだけど、悪い人じゃないけど別に特別仲がいいってわけじゃなくて、仲間の一人っていうか……！　感覚的にはアタルと同じくらいっていうか、でもアタルの方が強くて尊敬できるけど……とにかく、別に変な関係じゃないからね！」

ハルバが黙りこくってしまったことに戸惑ったリリアは思いついたままにそうまくしたてた。

なぜ言い訳をしているのか自分でもわからないままに、リリアは慌《あわ》てた様子で自分とサエモンの関係性が薄いことを話していく。

「お、おぉ……そうなのか！」

ハルバは彼女の勢いに戸惑っているものの、その表情はどこか嬉しそうである。

彼もやはり、なぜホッとしながら嬉しくも思っているのか、わかっていない。

（うーん、青春だなあ）

（あんな風な恋愛は少し憧《あこが》れますね……）

メルクリウスは王という立場があるため、誰《だれ》とでも好きなように恋愛をして、好きなように結婚《けっこん》するというわけにもいかない。

それゆえに、二人の甘酸《あまず》っぱい関係性に憧れを抱いていた。

（メルクリウス……）

そんな弟子《でし》を見て、テンダネスは少々物悲しい表情になってしまう。

「それじゃ、やろうか！」

「おう！」

そんな二人をよそに、リリアとハルバは二人でなにかをやろうと立ち上がっている。

「な、なにをするんだ？」

「どこかに行くのかい？」

二人は話を聞いていなかったため、突然《とつぜん》の二人の行動に戸惑《とまど》い、探るように尋《たず》ねていく。

「「戦いに！」」

そう答えた二人の表情は輝《かがや》いていた。


城内にある騎士の訓練所。

「使う武器は互《たが》いに木製の槍」

スッキリとした表情のハルバが槍をリリアに投げて渡《わた》す。

「勝敗はどちらかが負けを認めるか気絶した場合」

それを受け取ったリリアはくるくると回して、長さや重さや感触を確かめている。

「それでは」

「はじめ！」

交互《こうご》に言葉を投げかけて、戦いが始まった。

「はあああ！」

先手はリリア。

彼女《かのじょ》は次々に突きを繰り出していく。

それはまさに神速。

自分の本来の得物ではないにもかかわらず、動きに淀《よど》みがない。

「さほど時間が経《た》ってないというのに、よくもここまで成長したものだな」

全ての攻撃《こうげき》をいなしながらも、ハルバはリリアの進化を讃《たた》えていく。

好敵手と見定めた相手が更に強くなっていて、手ごたえを感じられる戦いにハルバは高揚《こうよう》感を覚えていた。

「それなのに簡単に防がれるとちょっと自信なくしちゃうかも、よ！」

速度重視の攻撃の中に、威力《いりょく》重視の一撃《いちげき》を混ぜていく。

リベルテリアを出てからも戦い抜き、地獄《じごく》の門の試練も超《こ》えたリリアにとって、同じ武器を使って戦うハルバとの戦いはいい腕試《うでだめ》しの場だと思っていた。

「重い！」

そういいつつもハルバはリリアの攻撃を受け止め、軽々と弾きあげる。

「今度は、こちらからだ！」

一瞬《いっしゅん》の隙《すき》をきっかけに攻守交替《こうしゅこうたい》となって、ハルバが攻撃に転じる。

「そっち、こそ、攻撃が滑《なめ》らかになってる、気がする！」

ハルバの成長を感じてフッと笑ったリリアも彼の攻撃を見事に防いでいく。

どちらも基礎《きそ》技術はかなり向上しており、攻撃も防御《ぼうぎょ》も格段にレベルアップしている。

「す、すげえ……」

「あの女の子も、ハルバさんも、どっちもとんでもないな……」

騎士たちは遠巻きに見学しているが、二人の戦いのレベルの高さに舌を巻いている。

練習用の槍を使っているはずなのにそうとは見えないほどの熱戦を繰り広げている。

「せいっ！」

ハルバの攻撃を止めるために、リリアは相手の槍の先端《せんたん》を狙《ねら》う。

「くっ……！」

点と点がぶつかり合って、互いの動きが一瞬止まり、双方《そうほう》が距離《きょり》をとることを選んだ。

「いやあ、かなり強くなったな」

驚《おどろ》きを含《ふく》んだ言葉だが、表情は笑顔《えがお》になっている。

「ハルバもね。やっぱりみんなに教えているのがいいのかな？」

指導力という、自分にはない力を持つハルバにリリアは感心していた。

「そうかもしれないな。みんなに見られているから、下手なことはできない……が、そろそろ決着をつけたほうがいいかもしれないな」

ただ打ち合っているだけでは、このまま体力が続く限り戦いが長引いてしまう。

互いに体力はあるほうだが、楽しい戦いといえどもいつまでも続けるわけにはいかない。

「そうだね——それじゃあ、次の一撃で決着にしよっか？」

楽しい戦いだなという思いを込《こ》めて笑ったリリアは槍を持つ手に力をこめていく。

しかし、竜力《りゅうりょく》や宝石竜の力は使わない。

(槍が壊《こわ》れちゃうもんね)

魔神《まじん》の槍だからこそ、リリアの力の全てに耐《た》えることができる。

しかし、木製の槍ではそれがかなわないため、武器に合わせた戦い方を選択《せんたく》していた。

「ああ——勝負だ、リリア！　力を見せてくれ！」

「おっけー！」

戦いを心から楽しむような表情の二人が真剣《しんけん》さをにじませて地面を蹴《け》ったタイミングは同じ。

まるでわざわざ呼吸を合わせたかのようである。

次の瞬間《しゅんかん》、木槍とは思えないほどの大きな衝撃音《しょうげきおん》が響《ひび》きわたり、この場にいる全員の耳に襲いかかっていた。

戦っている二人以外は反射的に目を閉じてしまっており、結果がわかるのはそれが開かれた時となる。

「――引き分け、かな？」

「だな」

二人の手にあるのは槍の柄の部分のみ。

槍の本体部分は双方の攻撃を受けてバラバラに砕《くだ》け散ってしまっていた。

「ふふっ、面白《おもしろ》かったね」

嬉しそうに笑って手を伸ばしたリリアは強い相手と戦えることに喜びを見出《みいだ》している。

「あぁ、楽しかった。リリアの成長を感じることができてよかったよ」

それはハルバも同様であり、今の打ち合いの中で彼女が相当強くなったことを実感しており、力強く握手を交わした。

負けた相手が更《さら》に強くなっているということは、まだまだ自分も上を目指さなければならないという向上心に繋《つな》がっている。

「……すごいな」

ポツリと呟《つぶや》いたのは戦いを見学していたメルクリウスだった。

「今の戦いを見るだけで、そこらの騎士や冒険者ではかなわないのがわかるね。にもかかわらず、二人とも……特にリリア殿は恐《おそ》らく本当の力をまだまだ隠し持っているよ」

テンダネスにはリリアが木製の槍を壊さないように注意を払って戦っていたのが見えていた。

そして、最後の一撃でもただ力をこめるだけに止《とど》めていたことも。

「あれで？　いや、邪神と戦うくらいになるとそれくらいの実力は必要だということですね。はあ、訓練の強度をあげていかないと……」

「うちの冒険者たちにももっと強くなってもらわないとだね」

トップの二人がこの先もっと厳しくしていこうと決めているのを、参加している者たちはまだ誰も知らない……。


「――一体なにが…………」

街での情報収集を終えてやって来たサエモンとツルギが案内されたのは、先ほどと同じく騎士の訓練所である。

城に向かってみたら、リリアの言う通り名前を出すだけで顔パス。

驚きに包まれながら案内された先に広がっているのは、座りこんでいる騎士たちの中心で背中合わせでリリアとハルバが立っている光景で、サエモンたちは困惑を隠しきれなかった。

その二人を見ているメルクリウスとテンダネスは苦笑《くしょう》交じりである。

「あ、サエモンにツルギ。お帰り……でいいのかな？　ま、いっか。とりあえずお帰りなさい、でもってお城にようこそ」

サエモンたちに気づいたリリアはハルバとの戦いのあと、騎士たちとも模擬《もぎ》戦を行っており、よく動けたことに満足しているため、キラキラとした笑顔で二人を迎えてくれる。

「あ、あぁ、これってどういう状況《じょうきょう》なんだ？　入り口でリリアの名前を出したら、ここに案内されたんだが……」

なんとか返事をしながらも、目の前の光景が理解できずに動揺《どうよう》している。

「この国で邪神と戦った話はしたっけ？　まあ、してなかったとしてもそうなんだけど。で、その時に国の人たちと協力して邪神や魔物《まもの》を撃退《げきたい》したのが私たちなんだよ」

リリアはとにかく状況を説明するために、次々に情報を出していく。

サエモンはおおよそのことを聞いていたため、特別驚くことはないが、隣にいるツルギは目を見開いて声も出ない。

「で、その時にここの王様と冒険者ギルドのギルマスと仲良くなったってわけ」

この紹介《しょうかい》ともいえない紹介に、メルクリウスとテンダネスが順番に軽く会釈《えしゃく》をする。

「お、王様？　あ、あの方は王様なのですか！」

まさか他国の王に会うことになると思っていなかったツルギは緊張で震《ふる》えてしまっていた。

「こっちがヤマトの国のサムライでサエモン、そっちが刀鍛冶のツルギ」

リリアの紹介を受けて、サエモンが一歩前に出る。

「始めまして、お会いできて光栄です。先ほどリリア殿からの紹介にあったように、ヤマトの国出身のサムライです。以後、お見知りおきを」

「わ、わわ、私は、その、ヤマトの国の刀鍛冶で、父を探しにここまで来ました。よ、よろしくお願いしますッ！」

サエモンは落ち着いた様子で自己紹介するが、ツルギは他国の王族に会うなどという経験をしたことがないため、動揺に動揺を重ねていた。

「そんなに緊張しなくていいさ。彼女らの仲間となれば、命の恩人、国の救い主と同義だからな。ぜひともゆっくりとしていってくれ」

王族の威厳《いげん》を交えた笑顔で懐《ふところ》の広さを見せるメルクリウスに対して、サエモンは感心し、ツルギは感動している。

「あ、それでなにか情報はあった？　こっちは全然なんだけど……」

ハルバに会ってから戦うことしか考えていなかったリリアは少々の申し訳なさを含みながらサエモンへと質問する。

「あぁ、酒場ではなにもなかったが、途中で立ち寄った武器屋で色々と情報を得ることができたんだ」

「そうなんです！　店主さんが父のことを知っていて、オレの顔を見て父の名前を口にして、そこからこの国で何をしていたか教えてくれたんですよ！」

ツルギは嬉しそうに答えてくれる。

「ふむ、なにやら進展があったようだが、ここではなんだから上の私室に移動しようか」

これはメルクリウスからの提案である。

この場所には多くの騎士がおり、彼らに会話を聞かれてしまうため、移動を促《うなが》していた。

「あ、そうだね。美味しいお茶よろしく！　さあ、サエモン、ツルギ、行こう！」

リリアはメルクリウスの提案に笑顔で頷くと、サエモンたちを引っ張って城内を進んでいく。

「なるほど、彼がサエモンか――確かに他の仲間を見るのと同じような感じだな……」

そんなリリアの後姿を見てポツリと呟いたハルバの言葉は誰の耳にも届かなかった。

「さあ、みんな。模擬戦はこれで終わりだ。どうして自分が負けたのか、もう少しなにかできなかったか、それを考えながらあがっていいぞ！」

そして、騎士たちに声をかけて訓練を終わりにさせる。

「「「「はい！」」」」

騎士たちの元気な返事を聞いたハルバも、すぐにリリアたちのあとを追いかけて行った。


「――で、ツルギのお父さんはこの街にいるの？」

部屋に戻り、王がお茶を用意してくれている間に、リリアが早速《さっそく》質問を投げかける。

「半分正解、半分間違《まちが》いといったところですかね」

ツルギの回答にサエモンは頷き、その他の面々は首を傾げてしまう。

「父はこの街に確かに立ち寄っていたようです。そして、半年ほど滞在《たいざい》して武器を作っていたとのことです」

そして、ツルギはナイフを取り出した。

柄の部分になにやら紋章《もんしょう》が記されており、それを指さしている。

「これはうちの家紋《かもん》なんです。円の中に桜が刻まれている……これは間違いなくうちの父が作ったものです」

家紋があることが決め手にはなっているが、ツルギは手にしているだけでこれが父の作ったものだと実感していた。

「へー、刀以外も作るんだね……で、半年ほど滞在って言ってたけど、今はどこにいるのかもわかったの?」

当然のことながら、大事なのはヤマブキの現在地であるため、リリアが続けて質問する。

「ええ、父はどうやら帝国《ていこく》に向かったそうです。北の果てにあるあちらでは鉱山が多く、様々な金属があるかもしれない、と」

そう言ったツルギの表情はうかないものである。

「あれ、なにか問題でもあるの? 居場所がわかったのなら、探しに行けばいいだけじゃないの?」

目的地が見つかってよかったじゃない! とリリアは楽観的なことを言うが、どうやら事情をわかっていないのは彼女だけであるらしく、部屋の空気が一段と重くなっている。

「……はあ、よりによって帝国か」

最初に口を開いたのは頭を押《お》さえたメルクリウスだった。

「えっ？　なにか、まずいの……？」

生まれてからずっと空に住んでいたリリアは、聖王国リベルテリアとヤマトの国しか行ったことがなく、各国の情勢なども全く知らない。

「帝国は土地が肥沃《ひよく》ではないため、食料が少ない。それゆえに、先ほど話にあった金属などを輸出することで食料を手に入れているんだ」

ここまでは別段問題はない。

特産品を輸出して、他国から必要なものを輸入する――国として至極《しごく》当然のことである。

「だが、帝国は必要以上の金属が外に漏《も》れるのを許さず、外から来た職人や商人や使節に対して排他的《はいたてき》で酷《ひど》く厳しいのだ。たとえこの国の王たる私が入国しようとしても、許可がおりるのにはかなりの時間を要するだろうな……」

聖王国リベルテリアの王であるメルクリウスですら、それだけ入国が難しいとなると、遠い異国の職人であるヤマブキがどうなったのか……。

「だったらすぐに探しに行かないと！」

それを聞いて焦《あせ》ったリリアは立ち上がって部屋を出て行こうとする。

「待て待て待て待て！」

サエモンがすぐに追いかけて彼女の前に回り込んで行く手を邪魔《じゃま》する。

「どいてよ！」

短い期間とはいえ一緒に旅をしてきたツルギの父親が危険かもしれないと知ると、リリアはいてもたってもいられなかった。

「冷静になれ、リリア。俺《おれ》たちが無策で帝国に向かったとして、どうやって探すんだ？　我々だけで探せたとして危険かもしれないんだぞ。それにそんな状況からどうやって連れ帰るんだ？」

ただ向かうだけではなく、色々考えて準備をしなければならないと、教えなだめるようにサエモンは語る。

「うー……」

それでもリリアは納得《なっとく》できないようで、唸《うな》り声をあげてサエモンのことを睨《にら》みつける。

若いリリアにとって将軍の経験があるサエモンの言葉は重みがあり、感情論が通じないのがわかっていたため、もどかしそうにしている。

「リリア、彼の言う通りだ」

「ハルバ……」

まさかハルバにまで止められると思っていなかったため、リリアはハッと顔をあげてからすぐにがっくりと肩《かた》を落としてしまう。

「だが助けに行くなとは言ってない。俺もツルギさんの父親のことは心配だ。だが、考えなしでただ向かっただけではリリアや、リリアの仲間が危険にさらされてしまうだろう」

リリアがなにもわかっていない子供というわけではないと思っているハルバは彼女の肩に手を置いて目を見てしっかりと説明をしていく。

「…………うん、そう、だね」

元気はないままだが、それでもハルバの言葉に耳を傾《かたむ》けている。

「仲間が傷つくのは嫌《いや》……」

自分の行動一つで仲間を危険にさらしてしまうかもしれないと理解したリリアは顔をあげると、サエモン、バルキアス、そしてツルギの顔を順番に見ていく。

「リリアがそう思うように、みんなもリリアになにかあったら嫌だと思っているはずだ。それに、ここにはいないアタル、キャロ、イフリアも同じように悲しむはずだ。そうだろ？」

アタルたちの名前まで出されると、じわりと涙《なみだ》がにじみ、リリアも頷《うなず》くしかない。

「そ、それに、俺も、リリアになにかあったら、悲しい……からな」

「――えっ？」

まさかの言葉に目を丸くして驚いたリリアは勢いよくハルバの顔を見た。

ハルバは自分の口から出た言葉に驚いているようで、リリアと目が合うと先ほどまでの勇ましさはどこへいったのか、視線を泳がせていた。

「さあさあ、イチャイチャするのはそれくらいにして、今後のことについて話し合っておいたほうがいいんじゃないかな」

「イチャイチャって！」

「べ、別にそんなことは……！」

テンダネスが二人の関係をいじることで、再び部屋の中の空気が軽くなるのをみんなが感じていた。

「とりあえず今後どうしていくかだが、申し訳ないが帝国が相手となると我が国として協力するのはなかなか難しい」

そのタイミングで硬《かた》い表情のメルクリウスが引き締《し》めるような話をしていく。

「つまり、向こうに行くにも、行ってからも我々は自力でなんとかする必要があるということだな……ヤマトの国も基本的にこれまで交流はなかったからそちらからのアプローチも難しいな」

元将軍という立場ではあるが、他国にそれはあまり広まっていないので、サエモン将軍として向かうことは可能である。

しかし、帝国とは関係値がほとんどないため、そちらも期待できない。

「……とすると、我々にできることは二つだな」

サエモンはどう動くか決めているようで、ニヤリと笑っている。

「えっ？　な、なんだろう？」

リリアは思い当たらないらしく、腕を組んで考《かんが》え込んでしまう。

「一つ目はアタルたちを待つこと。もう一つは、あいつらが来るまでの間に訓練をして少しでも強くなっておくことだ」

「おー！　それはいいね、じゃあさっそく訓練所に戻《もど》ろうか！」

既《すで》に気持ちは切り替《か》わっており、リリアは部屋を飛び出して行く。

「さて、ハルバ殿……手合わせ願いたいが、構わないか？」

サエモンは会った時から彼の力を感じ取っており、是非《ぜひ》戦ってみたいと思っていた。

「あぁ、俺の方こそあんたと戦ってみたかったんだ」

リリアの隣に立って戦うにふさわしい人物なのかどうか、ハルバはそれを見極《みきわ》める必要があると思っていたため、サエモンの申し出はむしろ好都合だった。

もし、その力を持たずにただ同行しているだけなのであれば、自らを彼に代えて仲間にいれてくれるよう申し出ようとまで思っている。

「それはちょうどよかった」

「楽しみだな」

二人の間にバチバチと火花が散っていく。

「もう、二人とも何やってるの？　早く行こうよ！」

「わ、悪い悪い」

「今行く」

そのタイミングで待ちくたびれたリリアが頬を膨《ふく》らませながら戻ってきたため、二人はにらみ合うのをやめて彼女に続いて訓練所へと向かって行った。

「リリア殿とハルバはあれだけ長い時間戦っていたというのに、まだまだ元気な様子だな」

乾《かわ》いた笑いを浮《う》かべたメルクリウスは彼らを見送って肩をすくめている。

「おや、今度は見に行かないのかい？」

椅子《いす》から立ち上がろうとしないメルクリウスを見て、テンダネスが尋ねる。

リリアたちの戦いを見るのは騎士《きし》としてかなりの刺激《しげき》になる。

そして、メルクリウスは戦う王様であるため、ついていかないことが意外だった。

「あー、最初はいい刺激になるとは思ったのですが、次元の違《ちが》いを感じると少々心が折れてしまいそうになるんですよ」

困ったような笑いを浮かべたメルクリウスは自分の力が彼らに劣《おと》ることを認識《にんしき》しており、

その差の大きさを感じていた。

　だからこそ、それが彼の心に大きくのしかかっている。

「なるほどねえ、まだまだメルクリウスも若いということだ」

「若い――それは年齢的《ねんれいてき》な話じゃないですよね？」

　言葉に抱《いだ》いた違和感のまま、テンダネスの言葉の真意をメルクリウスは探ろうとする。

「まあ、そうだね。考え方が若いんだよ。いいこともあるんだろうけど、今回ばかりはよくない考え方だ」

　たしなめるように言うテンダネスはメルクリウスの顔を指さした。

「そ、そうは言っても、彼らは強すぎます……」

　メルクリウスは普段《ふだん》は王として毅然《きぜん》とした態度をとっているが、師匠《ししょう》の前ではまるで子どものように振《ふ》る舞《ま》ってしまい、つい甘《あま》えが出てしまう。

「ねえ、メルクリウス。君は騎士ではない、冒険者《ぼうけんしゃ》でも旅人でもない――たった一人のこの国の王なんだよ」

　いつもはへらへらとした雰囲気《ふんいき》のテンダネスだったが、珍《めずら》しく真剣な表情で語りかけてくる。その言葉はメルクリウスの心を強く揺《ゆ》さぶっていた。

「王がやらねばならないことは、自身の実力を上げることではない。先頭に立ってみんなをまとめて、力強くまっすぐ導くことだ」

その言葉にハッとしたメルクリウスは顔をあげる。

「彼らは自らが強敵と戦うことになるため、自身が強くなければならない。だが君の場合はみんなをまとめる統率力《とうそつりょく》、引っ張って行く牽引力《けんいんりょく》、作戦を遂行《すいこう》させる指示力、なによりついていきたいと思わせるカリスマ性が重要になる」

メルクリウスは自分の身体に徐々《じょじょ》に力が入ってくるのを実感していく。

「それら全てを持っているのが、君だ」

そして、この言葉に身体を撃《う》ち抜《ぬ》かれると、本来の自信を取り戻したメルクリウスがそこには立っていた。

「……わかりました。すみません、色々とご迷惑《めいわく》をかけて」

謝罪の言葉を口にしながらも、彼の顔には笑みが浮かんでいる。

「いいんだよ、師匠なんだから。弟子はいつまでたっても弟子だし、それは王という立場にあっても変わらないことだからね。それにたまには師匠らしいことをしないと」

すっきりとしたメルクリウスの表情を見て、満足げな雰囲気をにじませたテンダネスはいつもの力なくへらりとした笑顔でお茶をすすったのだった。

第六話　いざ帝国へ

「おぉ、あっという間にリベルテリアが見えてきたな」

精霊王《せいれいおう》が繋いでくれたゲートを出たアタルたちはイフリアの背に乗った状態で前方にある聖王国リベルテリアを見ていた。

「実際の時間にすればちょっと前のことなのに、なんだか懐《なつ》かしいですねっ！」

地獄の門の中にいたため、キャロたちにとってはかなり時間が経過している。

『どうする？』

「そうだなあ……まあ、少し顔を見せるくらいはしてもいいか。とりあえず城に直接向かうとしよう」

はるか上空を飛んでいたため、引き返して離《はな》れたところから行くのも面倒《めんどう》だと思ったアタルは上空からの来城を試みることにした。

魔法《まほう》でイフリアの姿を隠《かく》すことはできないため、街を騒《さわ》がせてしまうことになりかねないが、いち早く気づいたメルクリウスの采配《さいはい》で騎士たちが派遣《はけん》されてあの竜は王の知り合いだというお触《ふ》れが出された。

住民たちが落ち着きを見せていくなか、アタルたちはそのまま城のほうへと進む。

「ん？　あれは……」

そして、城の上空まできたところでアタルがなにかに気づく。

「あれは……リリアさんにサエモンさん、それにハルバさんでしょうか？」

城の中庭にある訓練所で模擬戦を行っている三人の姿がキャロの目にも映る。

「あれ？　もしかして、あれって……」

上空にイフリアが現れたことに気づいた騎士たちがざわつき始めたところで、リリアたちも上空に視線を向けていく。

「っ……！　イフリアだ！」

短い期間しか離れていなかったが、弾けるような笑顔の彼女は懐かしさをこめて大きく手を振っている。

ちょうどそのタイミングでアタルとキャロが飛び降りてきた。

「アタル殿《どの》！　キャロ殿！」

サエモンは地上に降り立ったアタルとキャロに声をかけていく。

『ガウガウ！』

バルキアスも二人に気づいて駆《か》け寄ると、大きく尻尾《しっぽ》を振っている。

「みんな元気そうでよかった」

ちゃんとみんな揃《そろ》っており、どこも怪我《けが》などせず変わらない様子にアタルは安堵《あんど》する。

そして、あと一人いない人物はどこかと視線を動かしていく。

「ツルギは……あぁ、あっちで武器を見ているのか」

訓練では本物の剣《けん》を使うこともあり、彼はその手入れを自ら請《う》け負っていた。

刀との違いはあれども、普段からナイフなどの手入れもしていたことからこちらも問題ないようで、行列ができるほど大人気となっている。

「とにかく無事なようでよかったんだが、ここでなにをしているんだ？」

リリアたちはツルギの父を探すために情報収集をしていたはずであるが、なぜか聖王国リベルテリアで模擬戦をしている状況に首を傾《かし》げてしまう。

「あぁ、それはだな……いや、ここで話すことではないか」

少し込み入った話であるため、騎士たちが聞いている前で話すことではないと、サエモンは言葉を止める。

「あぁ、なるほど。それじゃあ先に俺の方の話からさせてもらおうか。ちょうどイフリアも降りてきたところだな……」

大きさを調整しながらゆっくりイフリアがアタルたちのもとへとやってくる。

「ツルギ！　こっちに来てくれ」

この状況でもツルギは作業を続けていたため、アタルが大きな声で呼びかけた。

「えっ？　あ！　アタルさん、こちらに来られたのですね！」

今気づいた様子のツルギは手入れを終えた剣を騎士に返し、集まっていた人たちにぺこぺこと頭を下げた後、アタルのもとへと走ってくる。

「あぁ、例のものを手に入れて来たぞ」

アタルがそう言うと、マジックバッグから霊王銀《れいおうぎん》を一つ取り出す。

金属を探しに行ったアタルたちが合流したということは素材を見つけてきてくれたんだとツルギは期待に胸が膨らんでいた。

「ほれ、これだ」

「えっ？　これ、だけ、ですか？」

あまりの少なさにツルギは信じられないといった表情になっていく。

「とりあえずその金属が使い物になるかどうかを見てくれ。無駄《むだ》なものが山ほどあったところで仕方ないだろ？」

「た、確かに……」

アタルにそう言われたことで、ツルギは冷静になって金属を確認《かくにん》していく。

「この金属は……っ、これは？」

普通《ふつう》とは違うことに気づいて、ツルギは首を傾げる。

そして、なにか思い当たるところがあるらしく、その場で腰《こし》を下ろして金属をハンマーで思いきり叩《たた》く。

「すごい……」

しかし、金属には傷一つつかず、かなりの強度を持っていることがわかる。

「あとはこれに……魔力《まりょく》を」

魔力に反応して一瞬《いっしゅん》淡《あわ》く光を放ち、力が満ち溢《あふ》れていくのが手ごたえから伝わってきた。

「アタルさん、これすごいです！」

そして、すぐにアタルのもとへと走って戻ってくる。

「この金属なら、竜隕鉄《りゅういんてつ》に負けないだけの力を持っています！　この金属はどこで採れるんですか？　今から行きましょう！」

既にツルギは霊王銀に夢中になっており、キラキラと目を輝かせている。

量が少なければその場所に採りに行けばいい、さあ行こう、今行こうとアタルのことをせっついているほどだった。

「待て待て、霊王銀――この金属の名前なんだが、とにかくこれならマジックバッグに入れられるだけ持って来たから大量にある。必要なら好きなだけ使えばいい」

「本当ですか！」

いくらでも試《ため》せるということにツルギは先ほどよりも目の輝きが強くなる。

興味深そうにテンダネスがアタルの使《つか》い込まれたマジックバッグを見ている。

「そのマジックバッグじゃそろそろ容量の限界が来そうだね？」

「ああ、かなりの素材を抱《かか》えてきたが、もうあまり余裕《よゆう》がないな」

アタルは実際全ての霊王銀を持ってこられたわけではない。

それはマジックバッグの容量に限界が来たためである。

「じゃあこの魔道具《まどうぐ》をあげるよ」

そう言ってテンダネスが見せたのは、指輪だった。

「これに少しだけ魔力を流して、どれをしまうかイメージすれば指輪の中にものを収納することができるんだよ。容量はそのバッグとは比較《ひかく》にならないくらい大きいから荷物が少なくて済むんじゃない？」

説明をしたテンダネスはその指輪を外すと、アタルにそれを渡す。

「くれるのか？」

「もちろんだよ。この先も旅を続けていかなきゃいけないのに荷物が入れられないと困るでしょ？　ちなみに取り出す時は取り出したいものをイメージすれば出るよ。もちろん量の調節もできる」

アタルはその指輪をはめると、早速《さっそく》試《ため》すことにする。

「収納」

まず、霊王銀をいくつかこちらに移していく。

「取り出し」

そして今度は反対に取り出しを行うが、霊王銀の取り出しは問題なく成功していた。

「これはなかなかに便利だな」

「だろう？　というわけでそれを君の冒険《ぼうけん》に役立ててよ。僕《ぼく》は冒険者ギルドに戻るからまた会おうね」

へらりと笑顔でそう言うと、手を振ったテンダネスはギルドへと戻って行った。

「ふう、師匠は最近かなりの頻度《ひんど》で城に入り浸《びた》っていたからな。そろそろ仕事をしてもらわないと困る」

困ったように笑うメルクリウスはやっと戻ってくれた師匠の背中を見送りながら、アタルたちに声をかけてくる。

「なるほど、それですぐに帰ったのか……さて、とりあえず俺たちはあんたの部屋で話をしよう」


「――なるほど、精霊たちの故郷に行ってきたのか」

このメルクリウスの言葉にアタルはあっさりと頷いた。

「はあああああ………」

そして、メルクリウスは大きくため息をついて天井《てんじょう》を見上げる。

「神の力に邪神《じゃしん》に精霊郷と、相変わらずアタル殿はとんでもないことをさらっとやってのけるなあ」

どれだけおどろかせてくれるんだと言わんばかりのメルクリウスの反応にアタルは首を傾げた。

「俺は別にイフリアの案内で精霊郷に行ってきただけだぞ」

特に大したことはしていない、と思っているのがアタルの特異性でもある。

「確かに精霊や大精霊、精霊王と少し戦ってはきたが、それくらいのことだ。それを言うなら、街を挙げて邪神と戦ったこの国のほうが異質だと思うぞ」

そう言われてきょとんとしたメルクリウスも、そうかもしれないと思わされてしまう。

「それより、金属以外にも面白い物をもらってきたぞ。ほら」

アタルは部屋にあった未使用のカップを手に取ると、なにやら青い液体を注いでいく。

「青とは珍しい色をしているが、これは一体なんなんだ？」

「まあ、飲んでみろ」

メルクリウスの疑問は当然のものとして、アタルはあえてそれに答えずに「百聞《ひゃくぶん》は一見《いっけん》に如《し》かず」ならぬ、「一飲に如かず」を実践させる。

「アタル殿の差し出すものなら悪い結果にはならないだろう――へえ、いい香りだね」

まずはチロリと舐《な》めるようにして飲む。

それだけで花に包まれたかのような暖かい香りに包まれる。

次にぐびっと一飲みしたところで、メルクリウスは目を大きく見開いた。

「美味《うま》い！」

そして、素直《すなお》な感想を口にする。

「そうだろ？　だが、それだけじゃないはずだ」

アタルは自分の身体を軽く叩いて見せ、メルクリウスの身体になにか変化はないか？と尋《たず》ねた。

「こ、これは、身体の中で魔力が動いている？」

「いい反応だ」

「いいですねっ！」

メルクリウスの返答を聞いたアタルとキャロは顔を見合わせて笑顔《えがお》で頷く。

神の力を持つアタルやキャロだけでなく、他の人間でも確実に魔力量を増やすことができる証だ、と。

「これは精霊郷にある、精霊樹の樹液を抽出《ちゅうしゅつ》して作られた酒だ。味も香りもいいんだが、それ以上に特筆すべき点としては、飲んだ者の魔力量を増やすというものなんだ」

いいながら、アタルは小さな酒瓶《さかびん》を軽く揺らして見せた。

「魔力を増やすだって！　げほげほ！」

思わぬ効果に驚《おどろ》いたメルクリウスは飲み干してしまったそれを吐《は》き出してしまうんじゃないかと思うくらいむせていた。

「俺とキャロは元々の魔力が少なかったんだが、これを飲んだことでかなりの量の魔力が増えた」

二人は同時に自分の体内の魔力を循環《じゅんかん》させていく。

それを見るだけで、大きな変化だということに、魔力の増加前の二人を知っている面々は驚かされる。

「これを飲めば魔力が少ない者でも、攻撃《こうげき》に魔力を使うことができる。また、魔力量が元々多い者であれば強力な魔法を使うことができて、継続戦闘《けいぞくせんとう》能力も高まるはずだ」

いいこと尽《づ》くしのこの酒の特徴《とくちょう》をアタルが挙げていくが、落ち着きを取り戻したメルクリウスは神妙《しんみょう》な面持《おもも》ちになっていた。

「それは、とても危険な飲み物だな……」

そんなものをあっさり飲んでしまったと、メルクリウスは口元に手をあてている。

「わかってくれるなら、危険な使い方はしないだろうな。ほら、これをあんたにやるよ」

アタルが彼《かれ》に向かって放り投げたのは大きな酒瓶だった。

「うおっとっとっと、おいおい放り投げるな……ってこれは、もしかして中身全部さっきの酒なのか？」

その質問にアタルは頷いた。

先にアタルが注いだほうのテーブルの上にある酒瓶はポケットボトルサイズで、今放り投げた酒瓶よりもだいぶ小さいものである。

メルクリウスが手にしている酒瓶はその何倍もの大きさのフルボトルサイズだった。

「こ、こんなにもらっていいのか？」

「もちろんだ」

アタルは精霊郷からの帰《かえ》り際に、ついでといわんばかりに精霊王から大量に渡《わた》された。

アタルを気に入った精霊王からの粋《いき》な心遣《こころづか》いだった。

この飲み物の危険性を分かっていて渡した精霊王は、アタルのことをそれだけ信用していた。

「その酒をどうするかは自由にしてくれ。ただし、誰《だれ》に飲ませるのかは慎重《しんちょう》に吟味《ぎんみ》してくれよ？」

「あぁ、わかっている」

この酒の凄《すご》さと、効果がバレた際の危険性を理解しているメルクリウスはそれをカギ付きの棚《たな》にそっとしまって、さらに本を並べることで見えなくしている。

「それで話を戻すが、その精霊郷でさっきも見せたが霊王銀というものを譲《ゆず》ってもらうことができたんだ」

改めてアタルが霊王銀の欠片《かけら》をテーブルの上に出してみせる。

一見するとただの銀塊《ぎんかい》にも見えなくないが、魔力を流すと不思議な色合いに光る。

「これは……確かに強い力を感じる」

最初に手に取ったのはサエモンだった。

持つだけで、内包されている魔力を感じとることができる。

しかも、それはミスリル銀や魔《ま》鉱石《こうせき》などと比較しても圧倒的《あっとうてき》である。

「精霊王の魔力を精霊樹が吸収して、そして作り出されたのが霊王銀らしい」

それを聞いて全員がなるほどと頷いた。

「で、その霊王銀なら竜隕鉄に相応《ふさわ》しい金属だというのはさっきツルギから直接聞いたわけだが……肝心《かんじん》の刀鍛冶《かたなかじ》のことはどうなったんだ？」

そこに、彼らが聖王国リベルテリアに滞在していた理由があるとアタルは考えている。

「私から説明しよう」

霊王銀をテーブルに置き直したサエモンが口を開く。

彼はこちら側の責任者だと自負しているため、話すとしたら自分だろうと考えていた。

「まず、ヤマトの国のあの村で情報を集めたんだが、ヤマブキ殿の友人の話によると、聖王国リベルテリアに向かったということだった」

これでサエモンたちがどうしてこの国に向かったのかという理由が説明される。

「そして、こちらについた我々は城で情報を集めるリリア、バルキアスの二人。そして街で情報収集をする私とツルギの二手に分かれた」

この国はかなりの広さがあるため、全員で行動するよりもバラバラになったほうがいいというのはアタルも理解しており、黙《だま》って頷く。

「そして、この国に滞在していたという情報を得ることができ、半年ほど一緒《いっしょ》に仕事をしていたという人の話を聞くことができた」

ここでヤマブキに繋《つな》がる。

「しかし、そのヤマブキ殿の次の行き先というのが、鉱山が多いという北の帝国なんだ」

これでサエモンによる説明が終わるが、部屋の空気が重くなっていた。

「……そういうことか。確か北の帝国には色々と怪《あや》しい噂《うわさ》があったはずだ。俺たちがただ向かったとしても入ることができるかわからない厳しさもあるんだろうな。そして、いくらリベルテリア王といえども、今回ばかりは背中を押すことができない、と」

納得がいった様子のアタルはまるで全て知っていたかのように話していく。

「それで勝手に動くわけにはいかないから、ここで訓練を積みながら俺がやってくるのを待つことにしたということだな」

話している内容の全てが的中しているため、アタルとキャロ以外の面々は驚きながら何度も頷いていた。

「まず俺たちのことを待っていたのはいい判断だと思う。バラバラで中に入ってしまったら、連絡《れんらく》手段もなくなるだろうからな。動くなら一緒のほうがいい」

そう思うと同時に、一つの可能性を確認する。

「さっきの金属を見てもらったが、改めてツルギに質問がある」

「はい、なんでしょうか?」

「刀を作るのには、やはり父親が必要か?」

もし、ツルギ一人で、もしくは別の誰かと一緒でも作れるのであれば、わざわざ危険を冒《おか》してまで帝国に行く必要はなくなる。

ツルギの父親のことを助けたいというのはもちろんわかるが、それと同時に仲間の安全を考える必要もあった。

「一人で作れます、と答えた方がいいのでしょうが——申し訳ありません、これを見たことでより一層自分一人では作れないと思ってしまいました。国随一《ずいいち》の名工といわれていた父とでなければ作り上げられません」

ツルギは父親だからこう言っているわけではなく、父の腕《うで》を知っているからこそこんな風に答えていた。

アタルたちと出会ってから自分の実力を自覚したうえで、できないことはできないと言ってもいいと知った。

酒におぼれて沈《しず》んでいた自分を引きずり上げてくれたアタルたちに不誠実な態度をとることはしたくないというツルギの覚悟《かくご》の一端《いったん》でもある。

「となると、やはり帝国に行く必要があるな……メルクリウス、悪いが帝国について知っている情報を教えてもらえるか？」

「ああ。そう言うと思って、情報をまとめておいたんだ」

二つ返事で頷いた彼は地図をテーブルの上に広げた。

「ここがリベルテリア。そして、この道を進んで行って、さらに北上して帝国へと分岐《ぶんき》する関所を通っていけばいい。馬車で移動した場合おそらく三週間くらいで帝国の領内に入ることになるだろう」

地図で見ると、帝国まではそれなりに距離《きょり》が離れている。

「次に国としての特徴だが、北にあるため基本的に寒いが、今は積もるほどの雪の時期ではないはずだ。帝国には鉱山が多くて金属が手に入る。だがどうやら採掘《さいくつ》技術に関してはいまいちなようで、事故も多くて回収量はそこまで多くない。何とか採取できたその金属も取引や輸出に回されることもあるが、いの一番に軍備の増強に回されることが多くて、国民の生活がなかなか潤《うるお》うことがないと聞いている」

帝国という名を冠《かん》するのであれば、一般的《いっぱんてき》な国民の生活水準が高いのかと思っていたがそうでもないことにアタルは目を細めてしまう。

「……どんなところでも、割を食うのは下々の者たちか」

それによって苦しむ人たちが現れるのをアタルはあまり良く思っていない。

加えて、そんな環境《かんきょう》であれば人々の心もすさんでいって、決して良い状況《じょうきょう》ではないということがわかる。

「北側に凶悪《きょうあく》な魔物《まもの》がいる森があって、軍備の増強はそれに備えているんだろうが、そのことも心に影《かげ》を落としている」

「難しい環境にあるのはわかるが、それで国民が苦しむのはいただけないな」

「あぁ、そうだな。北には強力な敵の存在、他国とは良好な関係ではなく、国民の生活も苦しいとなると上はなにをしているのかと問いかけたくなる」

同じ国を統《す》べる立場の者として、メルクリウスは憤《いきどお》りを感じていた。

「しかし、その軍事力はもったいないな……」

「ですね……」

アタルとキャロはここまでの話を聞いて、帝国《ていこく》に行く難しさ、帝国領内で行動することの難しさよりも、その軍事力を邪神との戦いに活《い》かせないかと考えている。

「ははっ、こちらは帝国の危険性を説いているというのに、君たちは既に帝国に向かうつもりでいるのだな」

メルクリウスは呆《あき》れるとともに、頼《たの》もしさを感じていた。

「まあ、今の話をひととおり聞いたうえで、俺の考えとしては帝国にも邪神との戦いに協力してもらうべきだし、向かうとしたら素直に正面から行くべきだな」

このアタルの考えにみんなが驚く。

「戦力を遊ばせておく余裕は人類にはない。だったら使えるものはなんでも使うべきだ。そして、帝国だと皇帝《こうてい》になるのか？　その皇帝と対面した時に正面から挑《いど》んだというほうが素直に聞いてくれるんじゃないかと思うんだ」

搦《から》め手《て》だったり、卑怯《ひきょう》な方法だったりを選んだ場合は、皇帝もこちらを信じてくれないかもしれない。

それゆえに、アタルはこの方法を提案していた。

「わかりましたっ！」

「そうだねえ、いいんじゃないかな」

「アタル殿が決めたのならば反対はない」

キャロ、リリア、サエモンは当然のように賛成してくれる。

「オ、オレは父に会えるなら！」

緊張《きんちょう》の面持ちでいるツルギも覚悟を決めて返事をしていた。

バルキアスとイフリアは反対するつもりなど毛頭なく、ただ頷いていていた。

「それじゃ、早速《さっそく》出発するとしようか」

「はいっ！」

「おっけ！」

「承知した」

「は、はい！」

アタルがすぐに出発することを告げると、誰も反対せずについて来る。

「――えっ？　いや、早くないか？　今すぐ？」

しかし、突然《とつぜん》の決断にメルクリウスは驚いてしまう。

「この国に来た目的はツルギの父親の情報を集めるためだっただろ？　そして、その当人が帝国にいるんだったら、ここに留《とど》まる理由はない」

「た、確かに」

リリアとサエモンとバルキアスがしばらく滞在《たいざい》していたことで、メルクリウスは彼らがいることが当たり前になりつつあった。

だから、アタルとも色々な話をできるのだと勝手に思《おも》い込《こ》んでいた。

「というわけで、俺《おれ》たちは帝国に向かうからハルバたちにはよろしく言っておいてくれ」

「……あっ！」

そんなアタルの言葉にリリアは大きく反応してしまう。

「ん？　どうかしたのか？」

突然のことだったため、アタルもなにかあったのかと声をかける。

「あー、うん、別に大したことじゃないんだけど……その……」

リリアはいつもの様子とは違い、もじもじしながら、言いたいことがなかなか言い出せずにいた。

「あー……その、あれだ。我々の滞在中に世話になったから、出発する途中《とちゅう》で声をかけてもよいのではないか？」

ここでリリアの心情を察したサエモンが助け船《ぶね》を出す。

「そう！　そういうこと！」

リリアは自分の言いたいことを、変化球で伝えてくれたことに感謝しながら、その提案に全力でのることにした。

「なるほどな。確かにテンダネスには指輪をもらったし、ハルバも頑張《がんば》ってくれているみたいだから、それくらいは礼儀《れいぎ》か」

アタルも二人の提案を悪くないと判断している。

「わかった、ならば私は師匠とハルバに声をかけてくるから、街の北門で待っていてくれ。

必ず向かう！」

　メルクリウスはリリアの気持ちを察して、こんな提案をしてくれた。

「それはありがたいが、自ら動くトップっていうのも、なかなかめずら……しいような、珍しくないような」

　アタルはこれまでに会ってきた王族やギルドマスターを思い出しており、自ら動いていた人物が多く、思わず言いよどんだ。

「それでは、行ってくる！」

　メルクリウスは言い終える前にすでに部屋を飛び出しており、二人のもとへと向かって行った。

「まあ、手間が省けたのはいいことか。それじゃ、俺たちは指示どおり北門に行くぞ」

　こうしてアタルたちは北門へ、メルクリウスは声かけへと別れて行った。


「はあっ、はあっ！　いくらなんでも、出発、早すぎだろッ！」

　急いで駆けつけてくれたのか、ハルバは息が整わないまま、不満を漏《も》らす。

「あははっ、そうかもしれないね。でも、帝国には行かなきゃだからさ」

　リリアはハルバが駆けつけてくれたことで、嬉《うれ》しそうに話をしている。

「帝国は危険なところだと俺も聞いている。怪我をするな、とは言わないが無事でいて、またこうやってリベルテリアを訪《おとず》れてくれ」

「おっけ！　じゃあ、約束だね！」

「あぁ、約束だ」

ニッと笑ったリリアがこぶしを突《つ》き出すと、ハルバも笑顔でこぶしをこつんとぶつけて約束の合図をした。

「そうだ、これを持って行ってくれ」

「腕輪《うでわ》……？」

それは細い腕輪であり、目だった装飾《そうしょく》はされていない。

「あぁ、魔力を流すと短い時間だが障壁《しょうへき》を作ることができる。簡易的な盾《たて》みたいなものだと思ってくれ。俺たち槍《やり》使いは間合いが長いから懐《ふところ》に入られると弱く、また持ち手を狙《ねら》われると厄介《やっかい》だ。そんなときに少しでも守りになるはずだ」

完全に防ぐことができるかはわからない、威力《いりょく》がある攻撃であればすぐに壊《こわ》れてしまうかもしれない。

しかし、その一瞬《いっしゅん》が命を守ることに繋がるかもしれないと、ハルバは自らの祈《いの》りを腕輪に込めていた。

「――うん、ありがと！　大事にするね！」

ハルバの気持ちを感じたリリアは宝物を受け取るようにぎゅっと抱《だ》き寄せ、嬉しそうに腕輪を触《さわ》りながら馬車へと戻《もど》って行った。

「またな！」

「へえ……腕輪をプレゼントとはなかなかやるじゃないか」

テンダネスがニヤニヤしながら大きく手を振るハルバに声をかけてきた。

「わっ、ギルマス！　べ、別に変なアレはないですよ。防御《ぼうぎょ》に使える装備ってだけです」

「おやおやあ？　なにも言ってないのにそんな言い訳をするなんてねえ」

テンダネスのニヤニヤは更《さら》に増強していく。

「や、やめて下さい！　まあ、つけてくれて嬉しいっていうのは否定しないですけど、それでも少しでも危険を避《さ》けられるようにっていうのは本気です。なんせ彼女《かのじょ》が行くのはあの帝国ですから……」

「あぁ、そうだね」

馬車に乗るアタルたちを見守る二人の表情は厳しいものになっている。

「それじゃみんな、ありがとう」

アタルが最後にみんなに声をかけると、馬車は出発していった。

その様子を見送る三人は、彼らなら大丈夫《だいじょうぶ》だ、という思いと同時に帝国だからなにがおこるかわからないという気持ちも持っている。

「……戻りましょう。今はやれることをやらないと」

ハルバの表情は真剣《しんけん》そのものであり、アタルたちが再び戻ってくるまでに、全員のレベルアップをしなければならないという決意を秘《ひ》めていた。

「本当に彼らは我々が成長するきっかけをたくさん与《あた》えてくれますね」

「冒険者《ぼうけんしゃ》たちにも声をかけていかないとね」

それに笑いあったメルクリウスとテンダネスも続いていく――。

第七話　北の帝国

「それで精霊郷というのはどんな場所だったんだ？」

サエモンはリベルテリアに向かったことを後悔《こうかい》はしていない。

だが、精霊郷を見てみたかったという思いもやはり持っていた。

「妖精《ようせい》の国みたいな感じかと思っていたんだけど、あっちよりも幻想的《げんそうてき》な場所だったよ」

アタルはサエモンの質問に答えるが、サエモンは首を傾げてしまう。

「い、いやいや、妖精の国？　そんな場所があるのか？」

初めて聞いたワードにサエモンは戸惑《とまど》ってしまう。

「そういえばサエモンさんは行ったことがなかったですねっ」

キャロの両親が滞在していた、妖精たちだけの特別な国。

「そこからの説明になるのか……とりあえず割愛《かつあい》してもいいか？」

少々の面倒臭《めんどうくさ》さを感じてしまったアタルは、ショートカットを狙おうとした。

「ダメです！」

しかし、ツルギも話を聞いていたらしく、カットせずに全て話して欲《ほ》しいと話す。

「はあ、わかったよ。旅はまだまだ長いし、いい暇《ひま》つぶしになるだろう」

結局アタルがどんな旅をしてきたのか、その最初からを帝国に向かうまでのあいだ、ずっと話すこととなった。

キャロと一緒に歩んで来た道のりでもあるため、彼女が補完するように楽しく合いの手を入れてくれたので、アタルの負担はそれほどでもなく済んだ。


帝国までの馬車での旅は二週間ほどと、想定よりも短い期間で到着《とうちゃく》する。

途中の関所は犯罪歴だけ調べられるのみで問題なく通行できた。

帝国へ近づくにつれて時折雪がちらつくが、イフリアが火の魔力を使って防寒をしてくれたため馬車内で震《ふる》えることは避けられた。

ようやく帝国の街が見えてくるだろうと思える距離まで来ると、まだ遠くにあるにもかかわらず、威圧《いあつ》感のある黒系の素材で作られた強固な高い壁《かべ》のようなものに街ごとぐるりと囲まれているのがわかる。

「これは……すごいな」

サエモンは白い息を吐きながら目の前にある帝国の外壁《がいへき》を見て思わずつぶやく。

「これって、本当に門、なの？」

リリアも威圧感に気圧《けお》されている。

「これは巨人《きょじん》の国で見たものより巨大《きょだい》で、さらに迫力《はくりょく》があるな」

「ですねっ、なんというか禍々《まがまが》しさすら感じるような……」

壁に合わせて作られた黒い巨大な鉄のような素材の門はぴったりと閉じたままであり、その表面には猛々《たけだけ》しい竜《りゅう》の絵が描《えが》かれていた。

「あそこから入るのか……」

巨大な門の下のほうに小さな門が一つあり、そこ以外からは帝国へと入ることができないようである。

そこには長い長い行列ができていた。

「厳しいとは聞いていたが、こうやって実際に見ると、肌《はだ》で感じるものだな」

アタルはこれから並ぶ列、そこに並んでいる人々の厳しい表情を見て一筋縄ではいかないなと思っていた。

近づいてくるにしたがって、どんなチェックをしているのか、うっすらだがわかってくる。

何人もの騎士《きし》が馬車を隅々《すみずみ》まで確認しており、かなり厳重なチェックだった。

魔道具による犯歴チェックに始まり、武器はなにを持っているのか、なんの目的で帝国に来たのか、どれだけ滞在し、宿泊《しゅくはく》予定はあるか、どんな知り合いがいるのか、パーティの関係性はどんなものなのかなど、こと細かく聞かれている様子である。

しかも問題があれば列から強引《ごういん》に外されて帰される。

怪しさを見せたグループになると、さらに詳《くわ》しい話を聞くために近くにある詰《つ》め所《しょ》に案内されてしまう。

そんな風に順番に入国チェックが行われていく。

それゆえに、並んでいる者は戦々恐々《せんせんきょうきょう》としている様子がうかがえる。

アタルたちも彼らと同じことを聞かれるだろうと予想できるため、その答えを考えながら自分たちの番を待っていた。

「――なんだって？」

しかし、アタルたちの時だけ対応が違《ちが》った。

「通過してもらって構いません。トラブルを起こさないようによろしくお願いします」

なぜか彼らは人数と目的の確認をされるだけで、あっさりと門を通されてしまう。

「わかった」

思ってもみなかった対応にアタルたちは拍子抜《ひょうしぬ》けしたが、すんなり入れるのは良いことであるため、あえて言及《げんきゅう》するようなことはしない。

そしてアタルたち以降は再び厳重な質問攻《ぜ》めが行われているのが、後ろから聞こえてくるため、先ほど対応した衛兵に対する不信感を抱きながら門の中へと入っていく。

帝国内に入ると外と似た色の黒っぽい石畳《いしだたみ》が広がる街並みが見えた。

元々聞いていた情勢もあって街の人たちは他の国と比べて少し暗い雰囲気《ふんいき》を纏《まと》っている。

少し進んだところで、一人の男性が笑顔でアタルたちを見ていることに気づく。

そしてその人物はニコニコと胡散臭《うさんくさ》い笑《え》みを浮《う》かべながらゆっくりと近づいてくる。

明らかに自分たちに用事があるという様子であるため、アタルは馬車を止めて相手の出方を見ることにする。

「ようこそ、太陽の主であるイグダル皇帝が統治する、クラグラント帝国へ」

彼は細い目で薄ら笑《わら》いを浮かべ、恭《うやうや》しく頭を下げてくる。

「何者だ？」

見知らぬ相手が急に親しげな様子で話しかけてきたため、アタルは警戒《けいかい》しながらいつでもハンドガンを出せるように用意している。

御者《ぎょしゃ》をするキャロは真剣な表情で事態を見守り、中にいるリリアは槍に、サエモンは刀に手をあてていつでも飛び出せる準備をしていた。

「おやおや、これは怖《こわ》がらせてしまったようですね？　ふう、この怪しい人相に関しては変えようがないので申し訳ありません。ですが、私はあなた方に対して敵対心のようなものは全く持っておりませんのでご安心下さい」

アタルたちから警戒されていると理解した男は、困ったような笑みを浮かべつつ顎《あご》を撫《な》でてため息を吐くと、再び薄ら笑いを浮かべながら腕を広げて武装していないとアピールしている。

その言葉を信じるに足る根拠《こんきょ》がないため、アタルたちは警戒心《けいかいしん》を解かない。

街に入ってすぐ話しかけられたが、遠巻きに歩く周りの人たちは我関せずという様子でアタルたちの会話に入ってくる様子はない。

「ふーむ、困りましたね。それでは私が何者なのかを先にお話しすることにしましょう」

そう言うと、アタルたちと男を包み込むように魔法《まほう》の障壁が展開される。

風の魔法で周囲に音が漏れないようになっているのだとアタルはすぐに理解する。

さらに認識阻害《にんしきそがい》の魔法が組《く》み込まれているのか、もうアタルたちが話していることにすら気づいている者もいない。

「失礼、外に聞かれたくない話をするのでご了承《りょうしょう》下さい」

「それで、お前は何者なんだ？」

聞かれたくない相手というのは恐《おそ》らく帝国側の者である。

そう思ったことで、アタルは少し警戒心を緩《ゆる》めた。

「私の名前はキル。この国を変えたいと思っている一人であり、我々の組織はそれを叶《かな》えられる唯一《ゆいいつ》の組織です」

こんなことが帝国の兵士や騎士の耳に入れば、良くて投獄《とうごく》。悪ければ死刑《しけい》は免《まぬが》れないはずである。

つまり、それくらい危《あや》うい道を歩いてでも、アタルたちと交流することを彼は選んでいる。

「そのメンバーは各所に潜《ひそ》んでおりまして、それゆえにみなさんは門を簡単に通過することができたのですよ」

薄ら笑いは本当に彼の癖《くせ》のようで、にたりと笑いながら内緒話《ないしょばなし》をするように指先を口元に寄せた。

つまり、国に仕える衛兵にも自分の組織のものが入り込んでいる、と暗に示していた。

「……わかった。俺たちになんの話があるのか、まずは聞いてみよう。お前たちの組織の規模なんかもな」

監視《かんし》の目が厳しく、うかつな行動ができない状況では、まずは詳しい者から情報を得るのは大事だとアタルは判断する。

「ありがとうございます。それではこちらへどうぞ」

キルはゆっくりとした動きで、それでいて遅《おそ》くない歩みでアタルたちを案内していく。

（あの男、なかなかやりそうだな）

サエモンは直感でキルという男の強さ、そして危険性を感じていた。

常に薄ら笑いを浮かべていてなにか嫌《いや》な空気を感じさせるが、それはわざとやっていることで、底知れぬ実力があるかもしれない、ブラフかもしれないと惑《まど》わせている。

到着するまでは全員が無言であり、帝国内の様子、そしてキルの動きに注意している。

街の中を通り抜《ぬ》け、人通りの少ないほうへと向かう。

帝国は区画が入り組んだ仕組みで、進んでいくたびに迷路《めいろ》に迷いこむ感覚を覚える。

案内されるままついていくとなにもない、むしろただ壁に囲まれた空き地に到着したところでキルが足を止める。

「こんな場所までのこのこと――なーんていう使い古されたような悪役のセリフは口にしないのでご安心下さい。なにもないように見えますが……ここに魔道具《まどうぐ》をはめて、手順を踏《ふ》んで魔力《まりょく》を流《なが》し込むと……」

キルが屈《かが》んでなにかをすると、地面がもこもことうねるようにゆっくりとせりあがっていく。

すべて上がり終えたところで、地下への通路が見えてきた。

「おー、これはすごいね！」

初めて見る仕掛《しか》けにリリアは感心している。

「みなさま、我々のアジトへようこそ」

再びキルは恭しく礼をして、そんなことを言う。

どうにも彼からは芝居《しばい》がかった印象を受けるため、どうしても猜疑心《さいぎしん》を抱いてしまう。

だがアタルたちをすんなり帝国へ招き入れてくれたこと、そして帝国に詳しい人物との繋がりを得られること、それらのメリットからアタルたちはすべてを飲《の》み込んで黙ってついていく。

地下の入り口は大きく、馬車に乗ったまま地下へと入ることができる。

アタルたちが入ると再びもこもことうねるように入り口は閉じ、その代わりに魔道具の明かりがともって地下に広大な空間が広がっているのが目に入ってきた。

アタルたちの馬車が余裕《よゆう》をもって通れるくらいの通路を進み、見張り員たちの気配を感じながら奥《おく》へ進むと、そこにはかなりの人数が生活していた。

彼らはほとんどが帝国民や、帝国を追い出されたり、帝国に家族を奪《うば》われたりした者たちである。

「これだけの人が同じ目的をもって一か所に集まっているのはすごいな……」

「ふふ、リーダーが特別な方なのですよ」

キルもそのリーダーのことを相当信頼《しんらい》しているらしく、その人物だからついていこうと思っている様子だった。

「さて、そろそろ到着ですね。この建物がリーダーの住んでいる家となります」

少し奥まった場所にある部屋の扉《とびら》の前で立ち止まったキルがそう説明する。

「リーダー、みなさんをお連れしました！」

何度か扉をノックしたキルが外から大きな声をかける。

『どうぞ、入って下さい』

返って来た声から若さを感じたため、アタルたちは怪訝《けげん》な表情になる。

これだけの数の人間を取りまとめる人物ならば、歳《とし》も重ね、筋骨隆々《りゅうりゅう》の頼《たよ》りがいのある人物を全員が想像していた。

それこそ元Sランク冒険者のあの神父やアークボルトのような人物を……。

「では、入りましょう」

キルが扉を開けて先に入り、アタルたちがそれに続いていく。

「あ、みなさん、ようこそいらっしゃいました。僕《ぼく》がレジスタンスのリーダーです。わざわざご足労いただき申し訳ありません」

そこにいたのは、年齢《ねんれい》は恐らく十五〜二十歳《はたち》の間くらい。

身長はアタルよりも低い、恐らく百七十センチくらい。

清潔感のある切りそろえられた黒髪《くろかみ》をしており、服は現代の青年が着そうな白や黒でまとめたファストファッション系のラフな格好をしている。

顔立ちは幼く、少年が青年へと成長している途中のような印象。

だが整っているその顔はたくさんの人から好かれそうな雰囲気を持っている。

そんな若い青年を前に、想像していた人物像とかなり異なるため、キャロたちは一瞬言葉を失ってしまう。

「えっ……」

しかし、相手の顔を見たアタルは別の意味で驚《おどろ》いていた。

「君、名前は？」

「えっ？　……ええっ？」

アタルに名前を尋《たず》ねられて、しっかりアタルたちの顔を見たリーダーも同じような驚きを覚えている様子である。

「俺の名前はアタルだ」

「ぼ、僕の名前はコウタです……！」

その名前の響《ひび》きにそろってもしかしたら、という予感を互《たが》いに感じている。

「苗字《みょうじ》は本城、本城アタルだ」

「僕の苗字は飯山、飯山康太です」

日本風の名前、そして日本の苗字を持っている。

これにより、互いに予感が確信に変わった。

「――みなさん、それからキル、少しアタルさんと二人きりでお話がしたいので、席を外していただいてもよろしいですか？」

それまでの穏《おだ》やかな顔から一変、真剣な顔をしたコウタはみんなのいないところでアタルと話があると告げる。

「ええ、了解《りょうかい》しました。それではみなさん、休める場所にご案内しますので、よろしいでしょうか」

リーダーであるコウタの望みのままにといわんばかりに、キルはすぐに動く。

「キャロ、悪いが俺も彼《かれ》と話をしたいからみんなと一緒にいてくれ、頼む」

アタルもコウタと話をしたいと思っており、そこにはみんなにも聞かせづらい話もある。

「はいっ、わかりましたっ！　ではみなさん行きましょう。キルさん、案内よろしくお願いしますっ」

アタルの目からいつになく真剣な気配を感じ取ったキャロは笑顔《えがお》で了承して、リリアたちの背中を押《お》すようにして家から出て行った。

少し心配そうなリリアとサエモンの二人は何か言いたい様子ではあったが、キャロが大丈夫と判断したのなら、と外に出て行く。

「アタルさん、こちらへどうぞ。おかけ下さい」

二人きりになった室内で、コウタが奥にあるソファへとアタルを案内する。

それと同時に、お茶と茶菓子《ちゃがし》をすぐに用意していく。

「あぁ、ありがとう」

アタルはそれに礼を言って腰《こし》をかける。その表情はどこか穏やかである。

二人分のお茶が用意されたところで、おもむろにコウタから口を開いた。

「僕は日本の愛知県に住んでいました。飛び降りようとした友達を助けようとして、僕だけ落下して死んでしまったんです。次の瞬間《しゅんかん》、目を開いたらこの国の赤ちゃんになっているのに気づきましたが、既《すで》に両親は亡《な》くなっていたようなので、昔と同じコウタと名乗ることにしたんです」

友達のために死に、こちらの世界でも両親を失っていた。

悲しい運命であるにもかかわらず、彼の目には闇《やみ》が宿っておらず、この話も明るく話してくれている。

「幸いなことに色々な人との出会いに恵《めぐ》まれてなんとか生活してこられたのですが、この国の人たちは大人も子どもも苦しんでいる人が多いのです。そんな人がいなくなるように、って動いていたら、いつの間にかこんな風に大所帯になってしまったんですよ」

コウタは頭を掻《か》いて照れながらそんなことを言ってくる。

(彼はまさに主人公ポジションだな。もしかしたらこの国を舞台《ぶたい》とした物語の主人公なのかもしれないな……)

見た目、性格、運の良さ、心根、やる気、明るさ、リーダーシップ。

それらが兼《か》ね備わっているコウタを見て、昔読んだ漫画《まんが》に出てくるような物語の主人公のようだと感じていた。

「俺は東京に住んでいた。趣味《しゅみ》のゲームをしているときに強盗《ごうとう》に入られて死んだらしい。そして、神さまに出会ってこっちの世界に同じ年齢のまま転生した」

コウタとアタルのこの世界への転生の仕方が違うことをまずは説明する。

「その時に神さまから武器も能力ももらってこっちに来たから、冒険者をやりながら旅をしている。その中で、さっきいたあいつらと知り合って、まあ色々あって帝国まで来ることになったんだ」

まだコウタにアタルたちが邪神《じゃしん》と戦っているということは話さない。

同郷だから、日本にいたころの自分自身のことは話してもいいいと思っている。

恐らく、この世界で今、この話を互いに話し合えるのはアタルとコウタだけであることが、舌を滑《なめ》らかにさせていた。

しかし、戦っている相手や世界の秘密などの大きな話をレジスタンスを背負って頑張っている若い彼にも背負わせる必要はないのではないかと思っていた。

「アタルさんは、すごい敵と戦っているんですよね？」

しかし、笑顔のコウタからそこに突っ込んでくる。

「なんでそう思う？」

まだ何も話していないにもかかわらず、なぜそう思ったのか問いかける。

「――すみません、僕には仲間がたくさんいて、聖王国リベルテリアにもいます。そこでアタルという冒険者が邪神と戦っていた、という情報までは入ってきていまして……見た目の情報からもおおよそあなたたちがそれだと気づいたので、手をまわしたのです」

それを聞いたアタルはなるほどな、と合点《がてん》がいく。

「ああ、確かにそのとおりだ。俺たちは神の力を借りて、その力で邪神、そして邪神の眷《けん》属《ぞく》の神。それから、魔族《まぞく》のラーギルという男と戦っている」

知っているならばわざわざもう隠《かく》すことはないだろうと手の内を明かしていく。

「すごいですね！　僕の相手は国で、大きいと言えば大きいですけど、世界規模でみるとちょっと小さいかもしれないですね……」

アタルが世界を救っているにもかかわらず、自分はそんなことはできていないとコウタは苦笑《くしよう》交じりで頭を掻く。

「いや、それはたまたま状況が違うだけで、生まれた場所が逆だったら同じような相手と戦っていたはずだ」

慰《なぐさ》めるわけでもないが、アタルは神によるフォローが厚かったおかげで戦えているとも思っている。

「そう、ですかね……？」

アタルの言葉を受けてすぐにコウタは顔をあげた。

「それでアタルさん、ちょっと相談があるんですが……」

「なんだ？」

頼みを聞いてくれないかなあ、という子どもらしさを見せながらアタルに伺《うかが》いを立ててくる。

「先ほど話したように、僕はレジスタンスをまとめていて、この国を変えようとしています。それでアタルさんに手伝ってもらいたいことがあるんです」

そこまで言ったところでコウタはアタルの表情をチラリと見ていく。

「うーん……」

せっかく同郷の者に会えたところで、手伝ってあげたいという思いはある。

しかし、アタルの目的はサエモンの武器づくりのためにヤマブキを探すことであるため、帝国にかかわる問題自体に手を出すようなことは望んでいない。

「あ、あの、最後まで手伝ってほしいというわけではなくてですね、今度一つ大きな作戦を考えていて、それだけ手伝ってほしいんです」

アタルが悩《なや》んでいる様子からダメな気配を感じ取ったコウタは、あくまでアタルたちに今回の作戦の助《すけ》っ人《と》としてスポット参戦してほしいという意味であると、慌《あわ》てた様子で言い直す。

「なるほどな……それに関しては俺が勝手に決めるんじゃなく、みんながいる場所で話し合いたいんだがどうだ？」

「もちろんです！　キルたちを呼んできますね！」

アタルの言い分はよくわかるため、コウタは立ち上がって家を出て行った。

「――みんなのために国を変える、か。なかなか大きな大義を持っているんだな……」

あんなに若い子どもが右も左もわからない異世界にやってきて、両親がいない状況《じょうきょう》からここまでになっている。

同郷者のこれまでの苦労を思うと、アタルは少し心を動かされていた。

そんなことを考えていると、すぐにみんなが戻ってくる。

「アタルさん、みなさんをお連れしました！」

コウタは元気よく報告してくる。短いやりとりの中で、アタルに対して兄貴的な感覚を持ち始めていた。

「コウタ、さっきの話の答えを出す前に、まず俺たちのことを聞いてほしい。俺たちはある目的があってこの国にやってきたんだ」

「はい」

さすがにコウタもそんな細かい内容までは調査できておらず、何をしに来たのか聞く姿勢をとる。

「リベルテリアからこの国にやってきたであろう刀鍛治《かたなかじ》を探している。ちなみに、こっちにいるツルギという彼の父親なんだが……」

アタルが説明するが、コウタは途中からなにか考えこんでしまう。

「……大丈夫か？」

なにかあったのかとアタルが確認《かくにん》する。

「ちょっと思い当たることが、キル……」

コウタはキルを呼び寄せるとなにかを耳打ちし、それを聞いたキルは了解したと頷《うなず》くと、すぐに家を出てどこかへと向かって行った。

「ちょっとその刀鍛冶の人に心当たりがあるので、ある人を呼んできてもらってます」

「っ……もしかして父が⁉」

ツルギが期待した表情になるが、コウタは申し訳なさそうに首を横に振《ふ》った。

「す、すみません。期待させるようなことを言ってしまって……ご本人ではないのですが、情報に繋《つな》がる人物であることは間違《まちが》いありません」

そこからは室内を沈黙《ちんもく》が支配し、ツルギだけは落ち着かない様子でうろうろとしている。

「——お待たせしました」

その言葉とともにキルが一人の少年を連れてきた。

恐らく年齢は十歳前後で、もちろんこちらの世界の子どもである。

長く愛用しているであろう少しくたびれた服を着ているが、健康そうな少年。

大人たちがたくさんいる部屋に連れてこられたが、人見知りしない性格なのか、きょろきょろするだけで怖がっている様子などは見られない。

「さあ、アレをこちらのみなさんに見せてあげて下さい」

「うん……ちゃんと返してね？」

薄ら笑いを浮かべて頷くキルに促《うなが》されて、少年が取り出したのは一本のナイフだった。

「こ、これは！」

それを受け取ったツルギは、それを見て驚いてしまう。

「どうした？　なにかわかったのか？」

アタルの質問に、緊張《きんちょう》をにじませた表情のツルギは深く頷く。

「一見これは普《ふ》通《つう》のナイフなんですが、この柄の部分を見て下さい」

そう言ってナイフをサエモンに見せる。

「これは、ツルギの家の家紋《かもん》ではないか！」

リベルテリアでもヤマブキは自分が作ったものに家紋をいれていた。

そして、それはこちらの国でも同様だった。

「これを作った職人に会わせてほしいのですが……彼は、父はどこにいるんですか？」

焦《あせ》る気持ちを抑《おさ》えながらナイフを返して少年に尋ねるが、困った表情になってしまう。

それはコウタも同じだった。

「あの、ツルギさん。落ち着いて聞いて下さい。あなたのお父さんは、とある場所にいて、すぐには会わせることができないのです」

居場所は知っている、しかしその場所は簡単な場所ではない。

そんな空気がコウタの言葉から感じ取れる。

「ど、どこですか！　父はどこにいるんですか！」

先ほどまで抑えていた気持ちが爆発《ばくはつ》したツルギは、今度は問い詰めるようにコウタに迫《せま》る。

無事なのか、怪我《けが》はないか、そんな家族としての心配が次々に浮かんできていた。

「その、あなたのお父さんはこの国に来てからいくつもの武器を作られました。刀は作らなかったようですが、剣《けん》にナイフに斧《おの》と、武器、刃物《はもの》とあれば次々に……しかし、それが帝国《ていこく》の目に留《と》まってしまったのです……」

ぐっとこぶしを握《にぎ》ったコウタはそれ以上話すのが辛《つら》い様子で下を向いてしまう。

「続きは私からお話ししましょう」

説明をキルが代わる。

「帝国は軍備に余念がありません。外部から来た職人の中でも腕《うで》のたつ者を集め、一か所に収容しているのです。そして、そこでひたすらに武器になるようなものを作らせています。そこにツルギさんのお父上も捕《と》らえられ、強制労働させられているのです」

それを聞いたツルギは愕然《がくぜん》として力なく膝《ひざ》が折れて座《すわ》り込《こ》んでしまう。

「……ツルギの父が捕《つか》まっているとなると、私が刀を諦《あきら》めるということでは収まらなくなってきたな」

サエモンは、ヤマブキが刀を作りたくないと言ったり、または素材集めに大きな危険が伴《ともな》ったりするようであれば、なんとか既存《きそん》の刀を使うつもりだった。

ここまできて、なにか強く決意したコウタは顔をあげる。

「アタルさん、ここで先ほどの話に戻ります。みなさん僕は先ほど、次の作戦に参加してもらえませんか？　とアタルさんにお願いしました。アタルさんの返事はみなさんと話し合いたいとのことでした」

これには間違いないとアタルも頷く。

「まだ作戦の内容を伝えていませんでしたね……その内容は職人たちが捕らえられている収容所を急襲《きゅうしゅう》し、捕らえられている方々を救い出すというものなんです」

自分たちの目的が職人たちを助けたいというものであることを告げる。

期せずして、コウタたちの作戦と、アタルたちの目的が見事に一致《いっち》したことになる。

「なるほど。だったら、俺《おれ》たちがそれを断る理由はないな。全力で国全体と戦えと言われたら少し困るが、収容所だけならなんとかなるだろ」

自分たちの目的も果たせるのならと頷いたアタルの言葉に、コウタの目が輝《かがや》く。

しかし、キルの表情は思わしくない。

「――その作戦、少々問題があります」

「……えっ？」

まさかキルがそんなことを言うと思ってもいなかったため、コウタが一番に驚く。

「今回の作戦、幹部たちはもちろん私とリーダー自らも参加する作戦です。命がけであり、かなり重要な作戦です」

そして、キルはアタルたちの顔を順番に見ていく。

「みなさんを誘《さそ》ったのはリーダーですし、みなさんが参加したいとおっしゃるのはいいのですが、どうにも温度感の差というものが発生してしまうのではないかと……私たちはあなた方のフォローにまで回れないでしょうから」

キルは言葉は丁寧《ていねい》に遠回しで言っているが、実際のところとしてはアタルたちの実力を疑問視しているという話である。

キルがここまでアタルたちを連れてきたのは、コウタがそれを望んだからである。

彼自身はアタルたちに信は置いておらず、大事な作戦に参加させてもいいものかと怪訝に思っていた。

「なるほど」

ここでアタルは精霊郷《せいれい》でのことを思い出す。

（だったら簡単な話だな。彼らを納得《なっとく》させよう）

「なら話はシンプルだ。そっちのレジスタンスのメンバーと俺たちが戦って実力を見せる。そうすれば少しは安心できるんじゃないか？　もし、俺たちが負けたら……そうだな、後方支援《しえん》だけやることにでもしよう。人手はあるに越《こ》したことはないだろうしな」

「ええ、それならいいでしょう」

キルはニヤリと口角をあげてアタルの提案にのってきた。

仕方ないから受けてあげよう、というような態度をとっているが、内心では作戦通りだとニヤリと笑っている。

「ちょっ、キル！　アタルさんたちに失礼じゃないか！　みなさんはここまで長い旅を続けてきて、すごく強い相手と戦ってきたんだよ？　それなのに、実力が低いようなことを言うだなんて……なんでそんな失礼なことを言うんだ！」

集めてきた数少ない情報と先ほどの短いやり取りの中で、コウタはアタルの人柄《ひとがら》を知り、改めて凄《すご》さを感じ取っており、彼が作戦に参加してくれることを嬉《うれ》しく思っていた。

そんなタイミングでキルが横やりを入れるようなことを言ってくる。

しかも、アタルたちに対して不遜《ふそん》な態度をとって、馬鹿にしようとしているのが、どうしても許せなかった。

「まあまあ、そう言うな。コウタが俺の実力を買ってくれるのは嬉しいが、キルが言うことももっともだ」

アタルは怒《いか》り心頭といった様子のコウタの肩《かた》に軽く手を置いて、それ以上の怒りを示さないように声をかけていく。

「その作戦にはコウタだけじゃなく、キルや、それ以外のメンバーも参加するんだろ？」

「え、えぇ……もちろんそれなりの人数で臨《のぞ》む予定ではいます」

アタルがなんでそんなことを質問してくるのか、戸惑いながらもコウタは答えていく。

「そんな場所に急に知らないやつらがいたらどう思う？　あいつらは何者なんだ？　なんで知らないやつらが参加しているんだ？　どうしてリーダーは参加を許可したんだ？　キルはなにも言わないのか？　ってなるかもしれないだろ？」

アタルは少し演技がかった様子で説明する。

「だが、みんなの前で俺たちの実力を見せることができたらどう思う？」

「それは……参加してくれて頼《たの》もしい、とか？」

コウタのその回答に満足したアタルは大きく頷いて見せた。

「そのとおりだ。そして、味方になった頼もしさももちろんのことだが、俺たちがどの敵を相手にすることができるのか、どんな戦い方ができるのか、どの位置に配置すればいいのかは実力を知らないとわからないことだ。だから、俺たちの実力を証明するために、コウタとキルだけじゃなくて、他のレジスタンスがいる前で証明してみせよう」

これがアタルの真意であると彼に伝える。

「なるほど……」

深く考《かん》え込《が》むような表情のコウタはアタルが言ったことを理解し、かみ砕《くだ》いていく。

「なるほど！　そうですね、わかりました！」

それらを飲み込んだところで、アタルの提案が現状一番の選択《せんたく》だとコウタも判断する。

（ふむ、リーダーを丸《まる》め込むところは気に入りませんが、挑発《ちょうはつ》するような言い方に対して冷静に返す判断は悪くありませんね。あとは……実力が本当にあるのかどうか）

いつもの笑みは鳴りを潜めたキルは、アタルと話しながらキラキラとした眼差《まなざ》しで彼を見るコウタをじっと見据《みす》えていた。

出会ったときからアタルや仲間たちの動きや発言を確かめるように見ており、その実力と人となりを探《さぐ》ろうとしている。

ひとまず彼らは悪い人間ではなさそうで、きな臭《くさ》さが漂《ただよ》う帝国に自ら足を踏み入れようとするほどには力があるのだろうと予想していた。

だがその度合いがわからないため、こうやって確認する流れを作り出している。

「リーダー、私も彼の提案はもっともだと思います」

ゆえに、キルはアタルの出した提案をのむことにした。

「キルも納得してくれたならよかった。では、訓練用の部屋に移動しましょう。キル、みんなに伝えて。話があるから、戦闘職《せんとう》は全員訓練部屋に集まるように」

「承知しました」

コウタの指示を受けたキルはすぐにみんなへと指示を出しに行く。

「ではみなさん。ご案内します！」

そして、アタルたちはコウタの案内で、地下にある訓練部屋へと移動していくことになる。

第八話　レジスタンスとの戦い

向かう道中で、コウタ自らここにある施設《しせつ》についての説明をしてくれた。

地下での生活はいろいろ不便がありそうだが、それらはコウタが現代で得た知識を活《い》かし、こちらの魔法、魔道具などを駆使《くし》して何とかうまくやっているとのこと。

彼らはレジスタンスとして活動しているため、ここで隠れて生活するだけではなく、訓練するためのエリアもきちんと確保されている。

「これは、すごいな……」

「わあ、こんなにたくさんっ……」

「すんごいね！」

組織というくらいだから、それなりに人がいるとはアタルたちも思っていた。

「まさかここまでとは……」

サエモンもそこにいる人数に驚きを隠せない。数百はいそうである。

「まず広すぎるだろ」

想像以上の規模感に驚きを通り越しているアタルのこの言葉のとおり、地下には似つかわしくないほどの広さを持った部屋にたどり着いた。

そこは大きな屋敷《やしき》がいくつも入るのではないかというほどの規模の広さだった。

「はい。ここでは個人の訓練だけでなく、帝国兵を相手取ることを意識した集団戦の訓練や、作戦に合わせた訓練も行うので、どうしてもこれくらいの広さが必要になってしまうのです」

コウタの説明にアタルたちは納得する。

「これだけの人数で作戦の訓練をするとなると、この広さも頷けるな……」

訓練をしていたレジスタンスメンバーたちは、コウタと一緒《いっしょ》に来たアタルたちのことを見て噂《うわさ》している。

「……あれ誰《だれ》？」

「リーダーと一緒にいるってことは、新メンバーか？」

「あいつらを紹介《しょうかい》するために俺たちを集めたのかもしれないな！」

「可愛《かわい》い女の子もいるな」

「先頭の人、クールでタイプかも！」

アタルたちを見て、メンバーたちが隠し切れないヒソヒソ声で噂話《うわさばなし》を始めていく。

コウタは訓練部屋の中央まで来たところで足を止めた。

そして、右手をあげる。

それに合わせて、全員がピタリと静まり返った。

「今日はみんなに新たな仲間を紹介させてほしい。彼らは冒険者《ぼうけんしゃ》のアタルさん、キャロさん、リリアさん、サエモンさん、バルキアスさん、イフリアさんだ」

ここに来るまでの道中で、全員があらためてコウタに対して自己紹介をしている。

ゆえに、すらすらと名前を口にできている。

「みなさんには僕たちが考えている次の作戦に参加してもらおうと考えています！」

次の作戦、というだけでそこにいるメンバーには伝わるようで、それがレジスタンス内でもかなり重要な作戦という位置づけであることを誰もが理解していた。

そこで急に来た新人を参加させることをよしと思わない者が出てきていた。

「おいおい、リーダー、そいつら本当に使えるのかよ？」

「連携《れんけい》がとれないんじゃないかと思うが……」

「邪魔《じゃま》されても嫌だなあ」

リーダーの意見に反対するというよりはアタルたちが信用ならないというような、およそネガティブな意見が多い。

参加すること自体に反対する者、参加しても色々と関わってこないで欲《ほ》しいという者。

様々な反応であるが、ここまでは予測の範疇《はんちゅう》である。

「みんなの心配もわかる。でもだからこそ、アタルさんたちの実力をここで見せてもらおうと思っています！」

そう言うとコウタは剣を抜いてアタルに向けた。

「アタルさん、僕と戦って下さい！」

コウタは互いのチームのリーダー同士で戦って証明としようと考えている。

「コウタと、か？」

「はい！」

冷静なアタルの問いかけに、気合十分といった様子のコウタは素直《すなお》に頷く。

これが一番手っ取り早いというのがコウタの考えであり、アタルと戦ってみたいという思いも同時に抱《かか》えている。

「――コウタ、悪いが俺はお前とタイマンをはるつもりはないぞ」

「えっ……？」

まさかの言葉に、息巻いていたコウタはきょとんとして間の抜けた声を発してしまった。

「俺とコウタが一対一で戦っても、手を抜いたんじゃないかとか、俺をわざと勝たせようとしてくれたんじゃないか？　他のやつらの実力がわからないじゃないか！　なんて疑問をみんな持ってしまうはずだ」

これを否定できる者はいない。

「だから、全員でかかってこい」

アタルは言葉に魔力を乗せていく。

その魔力の波動は部屋全体に広がっていき、幹部だろうと下っ端《ぱ》だろうと関係なく全員に波及《はきゅう》するように言葉を向けていた。

挑発されたと感じ取った全員からの敵意で部屋全体がピリピリとしていく。

人数が少ないからと舐《な》めてかかられては困るため、あえてこのような流れを作り出した。

「あっはっはっ！　アタルさんはなかなかの自信家のようですね。さすがに全員というわけにはいきませんが、実力のあるメンバーとアタルさんたちで戦うとしましょうか。今度の作戦に参加予定の方で、戦闘能力のあるみなさんはこちらに来て下さい」

キルの声かけによって少し空気は緩《ゆる》むが、アタルたちへの敵対心は強いままでこの場にいる者の中で実力者とみんなが認めているメンバーが集まってくる。

「一応俺たちが使う武器を自己紹介《しょうかい》含《ふく》めて教えておこう。俺の名前はアタル、武器はこのハンドガンとライフルを使う」

そう言って、ハンドガンを二丁手にして何もない場所を撃《う》つ振りを見せた。

「銃《じゅう》、ですか」

近代兵器を知っているコウタであるがゆえに、銃への恐怖心《きょうふしん》を持っている。

「私の名前はキャロですっ、武器は剣やナイフをそれぞれの手に持って、獣人《じゅうじん》の身体能力で素早《すばや》い攻撃《こうげき》をすることが多いですっ」

ぴょこんと耳を揺《ゆ》らしながらキャロは何気なく武器を見せたが、その武器がとんでもないものであるとコウタは気づいている。

「私はリリアだよ。竜人《りゅうじん》で、武器は槍《やり》。よろしくね！」

どんと槍を床《ゆか》に着けてリリアは元気よくシンプルなあいさつをするが、竜人と聞いて知っている者は驚愕《きょうがく》の表情になっている。

「私はサムライのサエモンだ。武器はこの刀を使う」

腰に携《たずさ》えた刀の鞘の部分を手でなでながら礼儀《れいぎ》正《ただ》しくヤマトの国流のあいさつをする。

刀を使うという珍《めずら》しさが、武器好きなレジスタンスメンバーの興味をひく。

「こいつはフェンリルのバルキアス。爪《つめ》と牙《きば》と体当たりで戦うことが多い」

『ガウ！』

「そして、こっちが霊獣《れいじゅう》フレイムドレイクのイフリアだ。サイズを変更《へんこう》できる竜《りゅう》みたいなものでで、爪、拳《こぶし》、尻尾《しっぽ》、牙、ブレスといったところだな」

『キュウ』

元気よく吠《ほ》えるフェンリルに、くるんと一回転して見せるフレイムドレイク。

「これは、言い方が失礼になるかもしれませんが、化け物集団ですね」

思わず苦笑したコウタは適切な言葉が浮《う》かばず、そんな言葉を口にしてしまう。

「化け物集団か、悪くない表現だ」

それを受けたアタルは誉《ほ》め言葉だと受け取ってニヤリと笑い、確かに自分たちは化け物じみた力を持っているなと自嘲《じちょう》していた。

「それで、条件だが気絶するか負けを認めるか、戦闘継続《せんとうけいぞく》不能となったらそいつは脱落《だつらく》で復活はなし。もちろん殺すのは禁止にしておこうか」

ひととおり自分たちの紹介を終えたところで、アタルは戦いのルールを決めていく。

「問題ありません、それでお願いします！」

ルールを聞いたコウタはそれに納得し、他の面々も同様に頷いている。

ただ、キルだけは殺しを禁止と言われて、誰にも聞こえないように舌打ちをしていた。

アタルはそれに気づいていたが、あえてなにも口にはしない。

「僕たち側の戦力も少し説明させてもらいますね。僕は基本的には片手剣と盾《たて》を使います。

キルはナイフを使うことが多いです。それ以外に、戦闘能力の高いメンバーとして斧使いのグランド、大剣《たいけん》使いのフォール、魔法使《まほうつか》いのリーリアが幹部みたいな感じです。残りはさすがにたくさんいて今は全員の名前を出せないので……」

かなりの人数がいるため、コウタを含《ふく》めたメインの五名を紹介してくれる。

彼らは紹介された順に頭を下げていた。

斧使いのグランドは壮年《そうねん》の騎士《きし》のような男で、白髪《しらが》と同じ色のひげが綺麗《きれい》に整えられ、がっしりとした体躯《たいく》を鎧《よろい》が覆《おお》っている。体に似合った大きくいかつい斧を構えていた。

大剣使いのフォールは背の高いすらりとした男で、真っ黒な鎧に全身だけでなく顔も包み、その背には彼の腕より太い大剣を携え、グランドとは対照的な色合いをしている。

魔法使いのリーリアは冷ややかな雰囲気《ふんいき》を感じさせる美しい顔立ちだ。

金髪《きんぱつ》で細身のスレンダーな女性で、魔力《まりょく》効率が上がる淡《あわ》い色のロングローブに身を包み、自分の身長と同じくらいの大きな魔法杖《まほうつえ》を手にしている。

他の面々も幹部たちを守るように武器を構えてやる気満々のようで、アタルたちの実力を見極《みきわ》めようとしている。

「よろしく。それじゃ俺たちがあっち側、コウタたちはそっち側に離《はな》れた状態から始めるとしようか」

「はい！」

アタルの提案通りに、それぞれが反対のエリアに移動していく。

「――今回はどういくか、だが……」

その最中に戦い方についてアタルがキャロたちに目配せする。

「前衛の私とキャロとバルキアスの三人で突《つ》っ込んで行って、幹部以外の人たちをガーッて倒《たお》しちゃうのはどうかな？」

「採用」

リリアのざっくりとした作戦、とも呼べないものだったが、即答《そくとう》でアタルは頷く。

「俺は魔法を使ってくるやつらを気絶させるとするか」

いくら三人の速度が速いとしても、あれだけの数を倒すとなるとどうしても時間がかかってしまうため、アタルも一緒に数を減らしていく。

『だったら、それらが終わったところで、幹部とやらを倒しに行くとするか』

イフリアは体格差も含めて、相手の力自慢《ちからじまん》でありそうなグランドとフォールに狙《ねら》いをつけている。

「私は遊撃《ゆうげき》的に動いていくとしよう」

サエモンはこういうが、レジスタンスの中でも実力が抜《ぬ》きんでていそうなキルとコウタに目をつけており、どちらかと一対一で戦う場面が出てこないかと期待していた。

「アタルさーん、そろそろ始めてもいいでしょうか？」

「あぁ、問題ない！」

互《たが》いの距離《きょり》が三十メートルほど離れたところで、コウタが声をかけてアタルが応える。

「それでは……始めまーす！」

これが開始の合図となって、戦いが始まっていく。

「いっくぞー！」

「いきますっ！」

『ガウ！』

作戦通り、先鋒《せんぽう》の三人が大勢のレジスタンスたちへと向かっていく。

まずは特に足の速いバルキアスが先頭となって、突っ込んでいった。

レジスタンスたちはそれに合わせて一斉《いっせい》に武器で攻撃していく。

だがバルキアスはここで一段ギアをあげることで、相手の攻撃を間に合わせずにたくさんの人を巻き込んだ体当たりが決まっていく。

そのなかでも一番前にいたのは大きな盾を持った戦士だった。

その盾に体当たりを命中させ、それからも足を止めずに駆《か》け抜けていくことで、後ろにいたレジスタンスメンバーも巻き込んで、何十人というメンバーを一気に気絶させることに成功する。

「さすがバル君っ！」

それを見たキャロもバルキアスに感化されて、次々に攻撃を命中させて気絶させていく。

「二人とも強いね！」

楽しそうに笑ったリリアはそんな二人のことをそう評していくが、彼女《かのじょ》も鋭《するど》い突きで武器を弾《はじ》き飛ばしていって戦意を失わせていく。

「おー、やっぱりみんなすごいな。それに対してレジスタンス側の実力は、リベルテリアの騎士たちには劣《おと》る感じか」

相手の戦力を分析《ぶんせき》しながら、アタルは後衛にいる魔法使いに淡々《たんたん》と気絶弾《だん》を撃ちこんでいる。

魔法を詠唱《えいしょう》しようとした次の瞬間《しゅんかん》には次々と仲間が倒れていく。

それによって前衛のレジスタンスメンバーは焦りを覚えていた。

（なぜ後方からの援護《えんご》がないんだ！）

一人一人の力が騎士や帝国兵に劣る彼《かれ》らの戦法は基本的に互いの弱点を補う団体戦。

だが攻撃魔《こうげきま》法《ほう》も回復魔法も強化魔法も全くといっていいほど、使われている気配がない。

それに加えて前からはキャロとリリアとバルキアスという強力なアタッカーが向かっていることで、精神的に追い詰《つ》められ始めていく。

「うーむ、これはまずいな。早々に我々が出たほうがいいのではないか？」

手を目の上にあてながら戦況《せんきょう》を見守っていたグランドはかなりの勢いで減っていく味方を見て、そんなことを口にする。

「それがいいかもしれないな」

硬《かた》い表情のフォールもそれに同意した。

「では、我々三人で行きましょう」

冷たい表情のリーリアも同意見のようで杖《つえ》を構える。

防御《ぼうぎょ》もできる盾役のグランド、攻撃をするフォール、魔法職のリーリア。

バランスが良い三人の連携は、これまで何度もレジスタンスのピンチを救っていた。

コウタがその言葉に頷いたのを見て、三人が戦いに加わる。

彼らが十メートルほど進んだところで、リーリアが声を上げた。

「っ――上よ、グランド！」

『我の体では奇襲《きしゅう》というのはなかなか難しいものだが、それでも少し気づくのが遅《おそ》いようだな』

一瞬《いっしゅん》で身体を五メートルほどのサイズに変化させたイフリアがグランドに向かって上空から拳を振り下ろしていく。

「なんのおおお！」

彼の斧は魔道具《まどうぐ》であり、魔力に反応して淡く光ると巨大《きょだい》な盾へと変化する。

『ほう、なかなかいい盾だ』

しかし、イフリアはサイズを更《さら》に巨大にしていく。

それによって当然のごとく重量も増え、グランドとの純粋《じゅんすい》な力比べになる。

「ぬ、ぬおおおおッ！」

ただ重くなっただけではあるが、その重圧にグランドは押《お》されてしまう。

深く腰《こし》を落として踏《ふ》ん張る彼の足元が徐々《じょじょ》に沈《しず》みかけていた。

『これで、終わりだ』

イフリアは空いた反対の手で盾を思い切り殴《なぐ》りつけようと振りかぶった。

「させん！」

大剣を振りかざしたフォールが加勢しようとする。

「……それはこちらのセリフだな」

しかし、いつの間にかサエモンがここまでやってきており、フォールの腹部に柄で一撃《いちげき》を加えて、連撃で首への手刀の一撃を食《く》らわせ、気絶させた。

「っ、グランド、フォール……！」

あっという間に仲間が追い詰められ、冷静な顔を崩《くず》したリーリアが杖を構えた瞬間、アタルの気絶弾が額と胸に命中して、そのままあっけなく気絶して倒れてしまった。

「さて、こうなったが……どうする？」

フッと笑《え》みを浮かべたアタルは距離をある程度詰めてきており、両手を大きく広げてコウタへと質問する。

「幹部の三人は気絶。先の三百人はほぼ壊滅《かいめつ》……今、最後の一人が倒れたか。そして、残ったのはキルとコウタの二人だけ。もう十分俺たちの力を見せられたと思うがどうだ？」

アタルたちの圧倒的《あっとうてき》な実力差を示したいま、もうこれ以上の戦いは無用ではないかと問いかける。

「すごい力をお持ちのようですが、まだ私たちが残っているのも事実です、よ？」

まだ自分がいる、というようにへらりと笑ったキルはそう言って姿を消す。

「速い！」

それまで余裕《よゆう》そうだったリリアが真剣《しんけん》な顔になるほど、キルの速度に驚《おどろ》いている。

次の瞬間、キルはアタルのすぐ後ろに現れてアタルへと攻撃を加えようとした。

リーダーのアタルを倒すことができれば、コウタが残っている自分たちが勝ちだと考えていたキルは案外簡単に間合いを詰められたことにニタリとした。

「──見えてるぞ」

しかし、アタルはキルに背を向けたまま一分の隙《すき》もなく、狙いすましたようにハンドガンでキルの攻撃を受け止める。

「なっ⁉」

油断しきっているとあざ笑っていたキルは予想外の動きに驚く。

「せい！」

そこにサエモンが割《わ》り込んでくる。

「くっ……！」

サエモンの動きを警戒《けいかい》し、キルはアタルから離れて距離をとった。

「さて、それじゃあ倒させてもらおうか」

「あなたに私が倒せると思いますか？」

余裕を持った言葉を選んでいるが、キルの背中には冷たいものが走っている。

アタルの実力の一端《いったん》を感じ取って、頭が警鐘《けいしょう》を鳴らしていた。

そこからキルは素早い動きで距離を取ると、アタルの隙を作り出そうとステップを踏む。

（さっきはシンプルな動きだから読まれたのだろうが、これならどうです！）

「悪いが、それも見えてる」

魔眼《まがん》を発動させたアタルはキルの動きを全て見切っており、それに合わせてハンドガンの引き金を引いていく。

「くっ……このッ、これは！」

アタルの銃撃《じゅうげき》を喰《く》らうと気絶することは周りの被害《ひがい》から明らかで、なんとか喰らわないようにそれを武器で弾いていく。

だが、雨あられと降り注ぐそれを防ぐので精一杯《せいいっぱい》なキルは、全く攻撃に転じることができない。

彼の本来の攻撃スタイルは素早い移動と死角からの不意打ちだ。

アタル相手では全く発揮できていないので、攻撃をする余地すらない。

「これは、この――待った……！」

「これはアンタが始めた戦いだぞ？　戦いの中でそんな言葉を相手が聞くわけがないだろ？」

あまりの猛攻《もうこう》に音を上げ始めたキルをさらに追い詰めようと冷静な表情のアタルは攻撃の手を緩めない。

殺すつもりはないため、決定打はあえて使わず、キルをただひたすらに攻め続ける。

「ま、待って、待って下さいッ！」

アタルを敵にしたことが間違《まちが》いだったとようやく気づいたキルはもう戦う意思などないと必死に訴《うった》えるが、それでもアタルは攻撃を止めない。

そもそもこの戦いに待ってくれといわれて待つというルールは決まっていない。

だから、ここで攻撃を緩めればキルに攻撃をさせる余裕を与《あた》えることになってしまう。

最初の頃《ころ》の胡散臭《うさんくさ》い雰囲気のせいで油断させて不意打ち、なんて状況《じょうきょう》はごめんだとアタルは容赦《ようしゃ》しない。

「ま、参った、降参、負けました、やられましたッ！」

ここでやけくそ気味にキルが敗北を認めたことで、アタルは銃撃を中止する。

「意地を張らずに早くそう言ってくれればよかったんだ……コウタはどうする？」

さすがに一人になった状況でまだ戦うのかと、振《ふ》り返ったアタルは確認《かくにん》する。

「やらせてください！　みんなが頑張《がんば》って戦ってくれたのに、僕《ぼく》だけ何もせずに負けを認めるというわけにはいきません！」

リーダーとしてのプライドが、リーダーである責任感が、このまま終わりにすることをできなくさせている。

「面白《おもしろ》い。じゃあ、最後は一対一での戦いにしよう」

「――私にやらせてもらえないだろうか？」

ここでサエモンが名乗りをあげる。

サエモンは一人気絶させただけであり、今回の戦いにおいてまだ疲《つか》れていない。

「いいだろう。最初からコウタと戦うのを狙っていたんだろ？　ちょうどいいさ」

アタルはサエモンの想《おも》いを汲《く》みとって、コウタとの戦いを譲《ゆず》ることにする。

「というわけだ。コウタ殿《どの》、私が相手をさせてもらおう」

「いいですね、サエモンさんの刀には興味があったんですよ」

アタルたちが二人から距離をとると、双方《そうほう》が武器を構える。

「それがサエモンさんの刀ですね……武器のことは詳《くわ》しくないですけど、なんだかすごい力を感じます」

邪神《じゃしん》と戦う上では物足りなさがあるが、それでも名刀と呼ばれる一振《ひとふ》りであり、まだ戦える。

「なかなかいい目をお持ちのようだ。私の相手に相応《ふさわ》しい……が、コウタ殿の武器は少々頼《たよ》りなく見えるな」

今度は反対にサエモンがコウタの武器の評価を下す。

「あ、わかります？」

コウタが持っているのはもちろん粗悪品《そあくひん》というわけではないが、剣《けん》も盾も一般的《いっぱんてき》に売っているようなもので、特別な武器とはいえない。

このままサエモンと打ち合えば、恐《おそ》らくあっけなく剣は折れて、盾は割れてしまう。

「ここまで来たら隠《かく》し立てしても仕方ありません。僕も特別を使って最初からいきますね！　〝光の力よ、我《わ》が呼びかけに応え、剣となれ！〟」

あえて最初の武器を使わないと宣言したコウタの右と左の手にそれぞれ光魔法の剣が作り出される。

「合剣！」

そして、左右の剣をくっつけて一振りの大きな剣を作り出した。

フォールの大剣とは違《ちが》い、片手剣を大きくしたような形だ。

「魔法で作られた剣か、それならば確かに折れることがない。それに、かなりの力が込められているようだ」

サエモンは相手にとって不足はないと、うっすらと口元に笑みが浮かんでいる。

（あの剣、ただの光魔法じゃないな。聖なる力が付与《ふよ》されている……こいつ、もしかして勇者じゃないか？）

戦いを見守っていたアタルはコウタの力を見てそんな予想をする。

聖なる力は普通《ふつう》には使うことができない。

聖職者で徳を積んだものであれば少しは使うことができるが、彼のそれは完全に自分のものにしている強大な力だった。

（邪神と戦ううえで、勇者を仲間にすることができれば……）

仲間になるかどうかは、今後の動き次第《しだい》でどうなるかわからない。

コウタと話していた感じでは彼は勇者だという自覚はなさそうだ。

だが、邪神への有効打になる存在の可能性が見えたことで、アタルは希望を抱いていた。

（だが、まずはこの戦いの決着だな）

サエモンは刀を構え、コウタの攻撃を待っている。

対して、コウタは攻撃のために魔力を高めている。

「うおおおおおおお！」

魔力が最大限に高まり、剣のサイズはコウタの身長の三倍ほどにまで巨大化《きよだいか》していた。

「ライト……スレイヤアアアアアアアアア！」

剣が振り下ろされ、聖なる攻撃がサエモンへと真っすぐ向かっていく。

恐らく威力《いりよく》はイフリアのブレスと同等かそれ以上——それがアタルによる評価である。

「サエモンさんっ！」

「サエモン！」

『危ないよ！』

『逃《に》げろっ！』

コウタの力を感じ取った四人が焦《あせ》ったように声をかけるが、サエモンはピクリとも動かない。

ただ静かに時を待っているかのようなサエモンは刀を構え、受け止める気でいた。

「――見事だ」

ふっと表情を和《やわ》らげたアタルはその瞬間のサエモンの動きを見逃《みのが》さなかった。

サエモンへ攻撃が届くかという瞬間、彼はその場にいなかった。

みんなが見ていたのは刀気によって作られた残像であり、サエモンはすでに動いてコウタの後ろに回り込《こ》んでいる。

カチャ、という音とともに刀がコウタの首元に突きつけられていた。

真正面から戦おうとしてくれたのを感じていたが、瞬時《しゅんじ》に間合いを詰められてしまったことにコウタは圧倒的な力の差を感じ取った。

「っ……ま、参りました」

魔法剣《まほうけん》を消したコウタはゆっくりと両手をあげて降参のポーズをとった。

「なかなか興味深い攻撃をしたじゃないか」

サエモンの気迫《きはく》に圧倒《あっとう》されてへなへなと力が抜けて座《すわ》り込んだコウタに、アタルが声をかけた。

「あはは、簡単に避《よ》けられてしまいましたけど……みんなの心が折れてなければいいなって思います。ここまで圧倒的にやられるとは思ってもみなかったでしょうから……」

コウタ自身は負けたことを糧《かて》にしていくタイプのようだが、仲間たちは帝国《ていこく》相手になにもできずに負けた者が多く、それで戦えなくなってしまうのではないかと心配している。

「もっとみんなを信じていいと思いますよ。私もアタルさんに負けましたが、幸いなことに彼は味方になってくれるようですから」

キルは相変わらず胡散臭そうな笑《え》みを浮かべながら、それでもコウタのことを気遣《きづか》って声をかけていた。

「まあな。それよりこれで折れるようなやつならこの先の戦いが辛《つら》くなると思うぞ」

仲間だからといって、全員で最後まで生きてやっていけるとは限らない。

だから、そこはある程度非情になる必要があるとアタルは言っている。

「そう、ですね。とりあえず、みんなには改めて説明するとして、アタルさんたちに今度の作戦について説明をしましょう」

みんなが気絶している中で、前向きな表情をしたコウタは気持ちを切り替《か》えて今回の作戦について話すためにアタルたちを先ほどの自分の部屋へと案内していく。

こうして、神に選ばれた転生者アタルと、勇者の運命に選ばれた転生者コウタが互いの目的のためにともに肩《かた》を並べて戦うことになった――。

次巻へ続く

あとがき

『魔眼と弾丸を使って異世界をぶち抜く！　17巻』を手に取り、お読み頂き、誠にありがとうございます。

17巻という巻数でも継続して刊行させていただけているのは、読み続けて下さる読者様方のおかげです。

本当に感謝しかなく、今回もまた読んでみたいと思ってもらえる内容になっていればと思うばかりです。


今回は、アタルの仲間であるサエモンの新武器を手に入れるために、刀鍛冶+強力な金属を探す旅に出ます。

過去に名前だけちらりと出てきた精霊郷や北の帝国などにも向かいますので、覚えている方はニヤリとして頂ければと思います。

長く続けさせていただいているからこそ繋がっていく物語をお楽しみ下さい。

瀬名モナコ先生による美麗イラストにて展開されているコミック版も1～3巻が好評発売中となっておりますので、よろしければそちらも楽しんでいただけたらと思います。

連載版もファイアクロス、ニコニコマンガにて掲載されています。

漫画ならではの見せ方と原作を汲みつつ、キャラたちが動いて新鮮な気持ちで読める展開をお楽しみいただけたらと思います。


今巻でも素晴らしいイラストを描いて頂いた赤井てらさんにはとても感謝しています。

いつもこちら側のイメージをうまく汲み取り、魅力的なキャラやイラストを描いてくださっているからこそ魔眼と弾丸が広く長く読者の皆様に愛されているのだと思います。

その他、編集・出版・流通・販売に関わって頂いた多くの関係者のみなさん、またお読みいただいた皆さまにも感謝を再度述べつつ、あとがきとさせていただきます。

最後に、次巻となる18巻の発売日もきっと帯に書かれていると思いますので、また皆さんのもとにアタルたちの物語をお届けできるように頑張ります。

コミカライズも連載中の
スナイパー英雄譚！
著／かたなかじ
イラスト／赤井てら
漫画：瀬菜モナコ
原作：かたなかじ
キャラクター原案：赤井てら
発売予定!!